Erotische Herrschaft und Unterwerfung Vol. 3

Erika Sanders

Serie

Herrschaft und erotische Unterwerfung

Titelbild: © krivitskiy- Pixabay, 2025

Erstausgabe: 2025

Zusammenfassung

Dieser Band enthält drei inhaltliche romantische und erotische BDSM-Titel.

Dominanter Braut:

Nach Jahren der Abwesenheit ist Andrew wieder mit seiner alten Freundin vereint, die sich versöhnen will.

Aber sie ist nicht mehr dieselbe ... und ist boshaft und verletzt mit ihm.

Wird Andrew die neue, selbstbewusstere Veronica akzeptieren? Was wird sie tun, um sich für seinen Verrat zu rächen?

Katia:

Katia ist eine junge Auswanderin aus Osteuropa, die als Begleitperson in einer Begleitagentur arbeitet, um Aufenthaltspapiere zu erhalten.

Eines Tages wird ihm ein sehr verlockendes Angebot angeboten, das jedoch Schmerzen mit sich bringen würde, vielleicht viel Schmerz.

Wird er dieses seltsame Angebot annehmen können, um seine Ziele zu erreichen?

Sex im öffentlichen Verkehr:

In der Stadt gibt es eine große Zunahme sexueller Übergriffe auf junge Mädchen an öffentlichen Orten, in Bussen, U-Bahnen usw.

Alle diese Verstöße treten auf dem Weg zum Arbeitsplatz oder zum Studium auf.

Was wird ein junger mexikanischer Journalist tun wollen, um die Schuldigen solcher Ereignisse zu finden?

Dominanter Braut, Katia und **Sex im öffentlichen Verkehr** sind Geschichten mit starkem erotischen BDSM-Inhalt, die wiederum zur

Erotic Domination-Sammlung gehören, einer Reihe von Romanen mit hohem BDSM-Gehalt.

(Alle Charaktere sind 18 Jahre oder älter)

Anmerkung zum Autorin:

Erika Sanders ist eine international bekannte Schriftstellerin, die in mehr als zwanzig Sprachen übersetzt wurde und ihre erotischsten Schriften, weit entfernt von ihrer üblichen Prosa, mit ihrem Mädchennamen signiert.

Index:

EROTISCHE HERRSCHAFT UND UNTERWERFUNG BD. 3

ERIKA SANDERS

DOMINANTER BRAUT

KAPITEL 1

Sie konnte nicht glauben, dass er in ihre Bar gegangen war ...

DEINE BAR !!

Hundert Bars in dieser Stadt, und er musste zu ihr gehen.

Blödmann!

Ja, er hatte ihr Herz gebrochen ...

Er hatte sie wegen dieser eleganten, mageren Blondine verlassen.

Aber sie saß nicht weinend da.

Scheiße, Scheiße!

Veronica verließ die Bar, um sich vor ihn zu stellen.

Seine Hände bewegten sich auf seinen Hüften ...

Sie war kein dünnes Mädchen.

Nein, er hatte starke Beine, Hüften und breite Schultern.

Ihre grünen Augen sahen zu ihm auf.

Eine rote Haarsträhne war von ihrem Pferdeschwanz gefallen.

Sie schüttelte gereizt das Gesicht.

Er hielt den Kopf gesenkt, die Ellbogen auf der Theke, als er ein Glas Soda betrachtete.

"Andrew!" Sie grunzte.

Sein Kopf hob sich langsam.

Ein zweitägiger Bart bedeckte sein Gesicht.

Es gab schroffe Linien auf diesem Gesicht, die vorher nicht da gewesen waren.

Das braune Haar war ungepflegt.

Seine Augen trafen ihre und wanderten dann schuldbewusst.

Wut flammte heiß und roh in seiner Brust auf.

Plötzlich fiel ihre Hand von ihrer Hüfte und sie schlug ihn hart auf die Wange.

Sie schlug ihn so hart, dass er den Kopf drehte.

Die Bar verstummte, als sich alle umdrehten, um zu schauen.

Robert eilte hinüber.

"Was machst du, Veronica?" Zischte er wütend.

Technisch war es ihre Bar, sie arbeitete dort.

Trotzdem hatte Andrew kein Recht, hierher zu kommen ... nicht nach dem, was er getan hatte.

Veronica richtete ihre brennenden Augen auf Robert und war bereit, ihn anzugreifen.

"Es ist okay, Robert." Sagte Andrew und hob eine Hand.

Mit dem anderen rieb er sich den Kiefer.

Ein leuchtend roter Fleck erschien auf seiner Wange.

"Sie hat das Recht wütend zu sein. Ich war ein Idiot."

"Glaubst du das?!!" Sie schnaubte. "Warum bist du hier, Andrew?"

"Ich bin gekommen, um zu sagen, dass es mir leid tut, Veronica." Er sah sie traurig an und sah sie schließlich an. "Ich muss es wieder gut machen."

"Oh, jetzt fühlst du es ... Jetzt fühlst du es? !!" Ihre Nasenflügel flackerten und sie taumelte, bereit wieder zu schlagen.

"Entspann dich, Veronica." Sagte Robert und zeigte auf den hinteren Flur. "Vielleicht solltest du gehen, Andrew."

Veronica stand fest und sah beide an.

Andrew nahm seine Lederjacke von der Rückseite des Hockers.

"Ich war dumm, Veronica, wirklich dumm!" Sagte er und wich zurück. "Ich muss mit dir reden. Ich bin jetzt nüchtern."

Er drehte sich um und ging zur Tür. Seine Reitstiefel schlugen auf den Boden.

Vero entspannte sich nicht, bis er das Summen eines Motorradmotors hörte, der sich auf dem Parkplatz entzündete.

KAPITEL 2

Kies knirschte unter seinen Stiefeln, als Veronica zu ihrem Auto ging.

Es war ihr Baby, der alte 79er Chevy, Silber und Chrom.

Roberts Honda stand in der Nähe.

Seine waren die einzigen Fahrzeuge, die noch auf dem Parkplatz der Bar standen.

Ich war nach der Arbeit erschöpft ... und das ganze Drama mit Andrew.

Eine Bewegung nach links erregte seine Aufmerksamkeit.

Eine schattige Gestalt ... außerhalb des Rings, der vom Parkplatzlicht geworfen wird.

Er näherte sich ihr.

"HALT!" Sie schrie.

Die Gestalt bewegte sich weiter auf sie zu ...

Eine sperrige Form, die sich mit Absicht bewegt.

Er bückte sich, griff in das Handschuhfach des Lastwagens und zog die Pistole heraus, die er dort für solche Situationen versteckt hielt.

Also hatte er in einer Sekunde seinen Smith und Wesson 9 Millimeter und seinen Arm ausgestreckt ...

Die Hand ruhte auf der Motorhaube des Lastwagens.

Das Geräusch der Waffenladung hallte durch den leeren Parkplatz.

"Oh Scheiße!" Zischte Andrew halb gefroren. "Oh Gott! Erschieß mich nicht, Vero!"

Beim Klang seiner Stimme senkte sie die Waffe und Adrenalin schoss durch ihre Adern.

Sie musterte ihn, als sie die Kugel aus der Kammer leerte.

Von seinem Motorrad war hier nichts zu sehen ... er muss etwas weiter die Straße hinunter gewesen sein.

Sie steckte die Waffe in den Bund ihrer Jeans.

Er sagte kein weiteres Wort, bis er es gerettet hatte.

Er ging auf sie zu, auf das Licht zu.

"Du bist zurück." Es war eine verärgerte Aussage, bei der ihre Lippen fest gespitzt waren. "Du solltest nicht im Dunkeln Leute verfolgen, Andrew."

"Keine Scheiße!" Er verzog das Gesicht und sah sie vorsichtig an. "Aber Veronica, ich muss wirklich mit dir reden ..." Er warf einen nervösen Blick auf die Tür der Bar.

Robert würde jeden Moment draußen sein.

Andrew wusste, dass der Mann nicht allzu glücklich sein würde, ihn wieder hier zu sehen.

"Ich habe nichts mit dir zu reden." Sie knurrte. "Es sei denn, du willst, dass ich dich wieder schlage."

"Das kannst du machen, wenn du willst ..." Er sagte es so leise, dass sie ihn kaum hörte.

"Was?"

"Ich sagte ... Du kannst mich wieder schlagen, wenn du willst." Diesmal etwas lauter.

Vero starrte ihn einen langen Moment an und ging dann um den Lastwagen herum, wo er war.

Sie warf ihre Hand mit einem lauten WHAM!

Er blieb stehen und absorbierte den Schlag mit geschlossenen Augen.

Plötzlich hob sie ihre Hand über seine offene Jacke und packte seinen muskulösen Nacken.

Seine Hand war genau dort, wo sich Nacken und Schulter trafen.

"Knie nieder und sag, dass es dir leid tut." Sie zischte die Worte.

Ihre Hand zog ihn.

Andrew zögerte einen Sekundenbruchteil, dann landeten seine Knie auf dem Boden.

Der Kies drückte sich durch die Jeans gegen ihre Haut.

Er sah sie im Licht an.

"Willst du das? Ich auf meinen Knien?" Ich frage.

Sie nickte leise und Wut verdunkelte ihre Augen.

Sie trat vor und trat mit der Spitze ihres Stiefels gegen seine Knie, um sie weiter auseinander zu drücken.

Er streckte die Hand aus, um mit einer Hand durch ihre Haare zu fahren, dann griff sie nach einer Handvoll und riss ihren Kopf zurück.

"Sag es dann ... Sag mir, dass es dir jetzt leid tut." Sie sprach in einem leisen, heiseren Ton.

"Es tut mir so leid, Veronica", kam seine gemurmelte Antwort, während er ein atemloses Schluchzen zurückhielt.

Für eine Sekunde sah es so aus, als würde sie ihn küssen.

Aber sie überlegte es sich besser, zog sich zurück und ließ ihn stattdessen los.

Er stöhnte über ihre Abwesenheit und vermisste diesen Kuss.

Aber er war auch fast überrascht von den Worten, die er über die Schulter geworfen hatte

"Folge mir nach Hause."

KAPITEL 3

Sein Zuhause war immer noch der Wohnwagen, der am Rande der Wüste auf einem fünf Hektar großen Grundstück geparkt war.

Das Mondlicht war so hell, dass es Schatten über die Landschaft warf.

Sie parkte ihren Lastwagen und sah zu, wie seine Harley über die Auffahrt zum Grundstück fuhr.

Eine Markise erstreckte sich über die Vorderseite des renovierten alten Wohnmobils und warf einen dunklen Schatten.

Sie ging zur Tür und verließ ihn, um ihm auf seinem Weg zu folgen.

Andrew blieb stehen, um sich umzusehen.

Das war früher sein Zuhause.

Sie hatte es gut behalten.

Vor drei Jahren ...

Die Erinnerungen trafen ihn wie ein Schlag.

Er fiel fast auf die Knie zurück ...

Alles, was er zu wissen schien, war ständig zu kämpfen, eine Art Machtkampf.

Er hat viel mit den Leuten vom Motorradclub gefeiert.

Sie arbeitete an der Bar.

Da war eine dumme Blondine hinter ihm, wann immer sie konnte.

Veronica war wütend.

Er sagte ihr, sie solle sich entspannen, ihm vertrauen.

Sie wollte, dass ich dem Mädchen sage, dass es sich verlaufen soll ...

Er sagte, es sei seine Pflicht, dies zu tun ... damit die Hündin weiß, dass er nicht auf dem Markt erhältlich ist.

Er hat ihr nie gesagt, dass mit diesem Mädchen nichts passiert ist.

Er bestand nur darauf, dass sie ihm vertraute und sagte ihr, sie solle sich keine Sorgen machen.

Aber eines Nachts wurde es schlimmer.

Ein weiterer großer Kampf, Veronica weint in der kleinen Küche.

Er war wieder betrunken.

Sie zog die Trailerpapiere aus einer Mappe und er gab sie ihr ... warf sie auf den Tisch.

Dann packte er seine Rucksäcke und ging für die Nacht.

Blöd!

Er hat sie hier allein gelassen ...

So weit weg von seinen Freunden und seiner Familie.

Auf den Nebenstraßen brauchte er zwei Wochen, um in den Staat Washington zu gelangen.

Also war er immer noch sauer auf sie.

Er bekam einen Job als Holzfäller.

Er brauchte ungefähr drei Monate, um den Fehler zu erkennen, den er gemacht hatte ...

Ja, er war ziemlich dumm.

Als er merkte, was er tatsächlich getan hatte, war es ihm zu peinlich, nach Hause zu gehen oder sogar anzurufen.

Er brauchte drei Jahre, um sich zu entscheiden, zumindest zu versuchen, nach Hause zu gehen.

'Ich mache hier nichts', dachte er und sah zu, wie die Lichter im Wohnwagen angehen ...

Aber da war etwas, als er heute Abend für sie gekniet hatte ... richtig?

Hatte er diesen Ausdruck der Begierde in ihren Augen missverstanden?

Er ging zur Tür und klopfte an.

KAPITEL 4

Ein gedämpftes "Come in" ertönte von innen.

Mit dem Herzen im Hals öffnete Andrew die Metalltür und stieg die Treppe hinauf.

Vero saß fast an der gleichen Stelle, an der sie in der Nacht gewesen war, als er gegangen war ...

Nur jetzt weinte sie nicht.

Jetzt hatte sie die Arme verschränkt und sah ihn mit steinernem Blick an.

Ja, es war in den letzten Jahren schwieriger geworden ... Daran bestand kein Zweifel!

Ein Paar Handschellen wurde auf den Tisch gelegt.

Er sah sie neugierig an.

Sie war immer dominant gewesen ... sogar aggressiv, aber niemals böse.

Sein Schwanz begann in seiner verblichenen Jeans heftig zu pochen.

Sie waren zu eng, um etwas zu verbergen.

Sie sah mit hochgezogener Augenbraue auf seinen Schritt.

"Du bist vor langer Zeit gegangen, Andrew."

Von dem süßen Lächeln, das dieses sommersprossige, sonnengeküsste Gesicht beleuchtete, war keine Spur zu sehen.

"Er war ein Idiot", sagte sie und fragte sich, wie oft sie das noch sagen musste.

"War es? Hat sich etwas geändert?" Ein sehr harter Blick.

"Ja ... ich bin aufgewachsen. Mir wurde klar, wie sehr ich dich liebe, wie sehr ich dich brauche."

Vielleicht war das eine schlechte Idee gewesen, zurück zu gehen.

Vielleicht würde sie es nie wieder akzeptieren ...

Ich würde ihm niemals vergeben.

"Hat die blonde Hure dich verlassen? Kriechst du deshalb zu mir hinüber?"

"Ich war nie mit diesem Mädchen zusammen, Veronica. Sie hat einfach aufgelegt. Ich ... ich hätte es dir sagen sollen. Ich hätte ihr sagen sollen, dass sie sich verlaufen soll ..." Er fühlte sich erschöpft und traurig.

"Was?" Sie runzelte die Stirn. "Was zum Teufel, Andrew ... Bei all den Kämpfen, die wir geführt haben, warst du nicht einmal bei ihr? Warum?"

"Ich wollte mit dir zusammen sein ..." Er senkte seinen Blick und legte ihn in seinen Stiefel auf den Boden.

"NICHT!!" Sie brüllte. "Ich meine ... warum hast du mir nicht gesagt, dass du nicht bei ihr bist? !!"

Sie war von der Sitzbank aufgestanden und hatte ihre Faust auf die Vorderseite seines Hemdes gelegt.

Er musste nicht weit schauen, um Augenkontakt herzustellen.

Er war nur ein paar Zentimeter größer als sie.

Sie schob ihn zurück, und er verlor das Gleichgewicht und klammerte sich an die Theke.

Keuchend fand er sein Gleichgewicht wieder, war aber offen für alles, was sie wollte, und machte keine einzige Bewegung, um sich ihrem Griff zu entziehen.

Vor drei Jahren hatte er sich von ihr zurückgezogen und war gegangen.

Aber sie berührte ihn jetzt ... das war genug für ihn.

Sein Atem stockte, als er nach unten sah.

Sie war wieder da, mit dieser Lust in den Augen.

Seine Brust hob und senkte sich schnell.

Sie sah ihn an ...

Ein herausfordernder Blick.

Er hielt ihren Blick für ein paar Sekunden fest und sah dann weg ... gab nach.

Das habe ich nie getan.

Ein summendes Gefühl erfüllte ihn und ihm wurde schwindelig.

Er blickte mit den Fäusten auf dem Tisch zurück und schauderte.

"Es war dumm ... reine Dummheit ...", sagte er und richtete seine Augen wieder auf ihre ... versuchte sie in sein Herz sehen zu lassen.

Ihr Gesicht wurde etwas weicher und sie ließ sein Hemd los ... kehrte zum Tisch zurück und setzte sich mit einem Seufzer.

"Wo warst du die ganze Zeit?" Sie sah ihn nicht an ... sie schaute aus den dunklen Fenstern des Anhängers.

"Washington ... Holzfäller." Er wusste, wie verrückt es für sie klingen musste.

"Warum?" Sie runzelte erneut die Stirn und sah eher verwirrt als wütend aus.

"Weil ich verblüfft war ..."

"Ich weiß ... ich habe dich die ersten sechs Male gehört! Du warst dumm und ein Arschloch ... das habe ich!" Sie war wieder wütend. Seine grünen Augen blinken ... "Aber drei Jahre lang, Andrew?"

"Ich wusste bis jetzt nicht, wie ich sagen sollte, dass es mir leid tut." Murmelte er und breitete die Hände aus.

Sie musste sich vorbeugen, um ihn zu hören, dann lehnte sie sich zurück und nickte abwesend.

Zwei volle Minuten der Stille vergingen.

Andrew stand sehr still und wartete darauf, dass sie mit dem Nachdenken fertig war.

Plötzlich brach seine Stimme die Stille.

"Könntest du wieder für mich niederknien, Andrew?" Sie drehte sich zu ihm um und wünschte sich wieder Dunkelheit in ihren Augen.

Er schluckte, kniete sich wieder hin und hielt die Augen niedergeschlagen.

Die Härte seiner Erektion war schmerzhaft und er wurde vor Verlegenheit erhitzt.

Er hörte sie aufstehen und sah ihre Stiefel in seine Sichtlinie kommen.

Wieder trat sie gegen seine Knie und er hörte ein Stöhnen.

Er brauchte eine Sekunde, um zu erkennen, dass das Geräusch aus seiner eigenen Kehle kam.

"Zieh dein Shirt aus." Sie sagte, die trockenen Worte seien wie Messer.

Andrew knöpfte schnell genug Knöpfe auf, damit das Hemd über seinen Kopf gleiten konnte, und zog es zuerst vom Bund seiner Gürtelhose ab.

Und dann zog sie es aus und strich sich noch mehr durch die Haare.

Bevor er herausfinden konnte, was er mit dem Hemd anfangen sollte, nahm sie es aus seinen Händen und warf es auf einen der Anhängersitze.

Sie ging um ihn herum und fuhr mit einer Hand über seine harten Schultern und seinen Rücken.

"Verdammt, Andrew ... du bist wirklich sehr stark geworden ..."

Er hatte sehr starke Muskeln, die er durch harte Handarbeit als Holzfäller erhalten hatte.

Sie kam vor ihm zurück und fuhr mit einer Hand durch das hellbraune lockige Haar auf seiner Brust.

Als nächstes umkreiste seine Hand eine ihrer kleinen Brustwarzen, und dann drückte er sie fest zwischen seine Fingerspitzen.

Er grunzte, verzog das Gesicht und war an den scharfen, durchdringenden Schmerz nicht gewöhnt.

Sie war noch nie so gewesen ...

Sie hatten immer wie normale Leute gefickt, und es war gut gewesen.

Sie hatten auch mündlich gesprochen, sie gaben beiden ein gutes Gefühl ...

Aber das ... das hatte ihr Herz rasen lassen und ihr Gehirn außer Kontrolle geraten.

Sie drückte die andere Brustwarze und er stöhnte erneut.

Hatte er irgendwo seinen Kopf getroffen?

War das ein Traum?

Der Schmerz, der ausbrach, als sie beide Brustwarzen zuckte und ihn zurück in die Realität brachte.

Er stieß einen heiseren Schrei aus, saugte Luft in seine Brust und griff nach der Theke ... um aufzustehen.

Was hat Sie gemacht?

Eine Hand drückte auf ihre Schulter, und sie packte eine Handvoll Haare und zog ihren Kopf wieder zurück.

"Wenn du aufstehst, ohne dass ich es dir befehle, wirst du zu dieser Tür gehen ... Verstehst du?"

Sie sprach langsam, als sie sich zu seinem Ohr beugte.

Er nickte und fiel wieder auf die Knie.

Heilige Scheiße, was war los?

Abrupt zog sie sich von ihm zurück zum Tisch.

Ähm, dieser schöne Arsch ...

Aber sie wurde durch ein Klirren von Metall abgelenkt, als sie die Handschellen vom Tisch nahm.

Oh Scheiße!

Sein Schwanz pochte wie verrückt und für eine Sekunde dachte er, er könnte hyperventilieren.

"Steh auf und dreh dich um." Sie sagte.

Seine Stimme hatte jetzt eine Art ruhiges Selbstvertrauen.

Das war etwas Neues

Er stand auf und drehte sich um und wartete.

"Leg deine Hände hinter deinen Nacken, Andrew"

Er sagte es, als ob sie sicher wäre, dass er es tun würde ... und er tat es und verschränkte sogar ihre Finger.

Aber als sich das Metall um sein linkes Handgelenk schloss, bekam er ein wenig Angst.

KAPITEL 5

"Hast du die Schlüssel dafür, Veronica?"

Er versuchte sie über seine Schulter anzusehen.

Sie ignorierte ihn und hielt die andere Handschelle um ihr rechtes Handgelenk.

Dann stand sie wieder vor ihm und zog an einer Kette, die an ihrem Hals hing.

Ich hatte es vorher nicht bemerkt.

Die Kette hing im Ausschnitt ihres "Robert's Bar" -T-Shirts.

Er nahm es heraus und zeigte einige kleine Schlüssel zu den Handschellen, die am Ende der Kette hingen.

Er nickte erleichtert seufzend und war überrascht von dem Lächeln, das auf seinen Lippen erschien.

"Wie viele Jungs hast du so eingesperrt, Vero?" Fragte er schluckend.

"Du bist mein erster", sagte sie nachdenklich.

"Warum hast du dann die Schlüssel getragen?" Es war ihm unangenehm, diese Fragen zu stellen, während er in Handschellen war.

"Ich habe darauf gewartet, dass der richtige Mann kommt." Die Worte klangen eher nach einem Gedanken als nach einer Antwort ...

Gott, das war alles so verwirrend ... aber so aufregend!

Er war hergekommen, um sich bei ihr zu entschuldigen ... aber wer war diese Frau jetzt?

Das warme Kribbeln in seinen Bällen sagte ihm, dass jeder, der sie war, seine ungeteilte Aufmerksamkeit hatte.

"Lass uns ins Schlafzimmer gehen." Erklärte sie, als ihre Hand unter den Gürtel auf der Rückseite ihrer Jeans glitt, um ihn zu führen.

Sie schob ihn den schmalen Flur hinunter.

Um durch den engen Raum zu kommen, musste er seine Ellbogen um seinen Kopf beugen.

Er wurde durch die Schlafzimmertür geschoben.

Das Bett war sorgfältig gemacht, das Zimmer ordentlich, bis auf zwei Gegenstände, die ihm auffielen.

Auf der Bettdecke befanden sich eine Zeitschrift und ein rosa Vibrator.

Die Zeitschrift ließ ihn abrupt anhalten und sie stolperte fast über seinen Rücken.

Auf dem Cover war ein Mann auf den Knien, ein runder schwarzer Ballknebel an seinem Mund.

Ein Seil kreuzte den Körper des Mannes und band seine Arme fest an seinen Oberkörper.

Eine Art Metall hielt jede Brustwarze.

"Sklave für dein Vergnügen" erschien oben auf der Seite.

Er erstarrte, bis sie sich um ihn herum bewegte und das Magazin und den Vibrator vom Bett fegte.

"Oh, aus Liebe zu Gott ... Es ist nur Porno!"

Sie klang genervt, als ich es in eine Nachttischschublade warf.

Sein Hals arbeitete daran, die richtigen Worte zu finden, aber er war zu fassungslos ...

Betäubt, dass seine süße Veronica so etwas haben könnte.

Hitze erfüllte sie und das Bild des gefesselten Mannes wurde in ihr Gehirn eingraviert.

Ein heftiger Ruck an seinem Arm brachte ihn zurück in die Realität.

"Bleib vor dem Bett, Andrew."

Sobald er den Rücken zum Bett hatte und die Handschellen fast den Rahmen berührten, machte sich Veronica an die Arbeit an seinem Gürtel.

Als sie es aufknöpfte, strichen ihre Knöchel über die warme Haut ihres Bauches.

Eine Reihe weicher, dunkler Locken zeichnete sich in der Mitte ihrer Bauchmuskeln ab und rutschte in ihre Jeans.

Sie beobachtete dies mit Befriedigung, als sich die Muskeln bei Berührung zusammenzogen und ihre Atmung aufhörte.

Langsam knöpfte er ihre Hose auf und schob sie dann herunter.

Der Umriss seines dicken Schwanzes befand sich an der Seite seiner Fliege, in schwarzen Baumwollslips, die sie bequem hielten.

An der Spitze dieser Ausbuchtung befand sich ein feuchter Bereich.

Sie spürte ein Summen von Hitze in sich aufsteigen, als sie ihn sah.

Dies wäre viel besser als das Betrachten von Zeitschriften und Websites!

Schnell zog sie seine Hose bis zu den Knöcheln herunter.

Dann fing er an, ihre Unterwäsche von ihren Hüften zu ziehen ...

Um den Schwanz nicht zu berühren, der aus den Grenzen ihrer Kleidung ragte, drückte sie die Unterwäsche nach unten, um sich mit ihrer Jeans niederzulassen.

Sie erhob sich, hob ihre mit Handschellen gefesselten Arme über seinen Kopf und brachte sie vor ihrem Körper zur Ruhe.

"Entspann dich." Befahl sie, als sie ihn grob auf das Bett zurückschob.

"Beweg dich nach oben."

Mit verschränkten Armen sah sie, wie er sich unbeholfen auf dem Bett ausstreckte.

Es war eine schwierige Aufgabe, seine Hände und Füße behinderten.

Sobald er nach ihrem Geschmack positioniert war, trat sie an seine Seite und legte eine Hand auf diesen straffen Bauch.

"Legen Sie Ihre Hände auf Ihren Kopf."

Das Bett befand sich auf einem handgefertigten Plattformrahmen mit einem eingebauten Kopfteil.

Das Kopfteil enthielt Metallgeländer.

Veronica hatte es mit ihrem Zimmermannsfreund Cliff vor einem Jahr getan.

Sie liebte es ... konnte es kaum erwarten, es endlich so zu benutzen, wie sie es ursprünglich beabsichtigt hatte.

Wie viele Nächte hatte er davon geträumt?

Er zog seine Stiefel aus, kletterte auf das Bett und setzte sich auf seine Brust.

Er zog die Kette von seinem Hemd und beugte sich über ihr Gesicht vor und öffnete eine Manschette.

Dann fuhr die Handschelle über eine der Metallschienen und befestigte sie wieder an seinem Handgelenk.

Andrew rieb sein Gesicht an ihren Brüsten, als sie über sie glitten.

Knurrend lehnte sie sich zurück und schlug ihm zum dritten Mal in dieser Nacht hart ins Gesicht.

"Habe ich dir gesagt, dass du das tun sollst?" Fragte sie und starrte ihn an.

Er schüttelte leicht den Kopf, schien sich aber nicht zu entschuldigen.

Er nahm eine Brustwarze und drehte sie fest.

Sein Körper zuckte unter ihr und er stöhnte.

Sie griff nach dem anderen und er versuchte sich zu entfernen ...

"Es ist in Ordnung!" Keuchend. "Entschuldigung ... ich werde es nicht wieder tun."

Er leckte sich nervös über eine Lippe, aber als sie zurückrutschte, streifte ihre Jeans grob seinen harten Schwanz.

Sie sah sich selbst an und dann zurück zu ihm.

Ihr Blick veränderte sich wie verlegen.

Er sah nach unten und ging zur Schlafzimmertür.

"Ich gehe duschen. Ich rieche nach der gleichen Bar."

Sie drehte sich um und sah ihn wieder an ... mit Handschellen an ihr Bett gefesselt, nackt bis auf die Kleidung, die sich um ihre Knöchel und ihre Bikerstiefel verhedderte.

Sein Schwanz war aufrecht und pochte und tropfte von Precum.

Ein Schauer durchlief sie und dieses Mal war ihr Knurren von ursprünglicher Lust geprägt.

"Gehe nirgendwo hin".

Und er kam mit einem heiseren Flüstern heraus.

"Du wirst mich nicht so verlassen, oder, Veronica?" Fragte er mit flehenden Augen.

Sie lächelte ihn sadistisch an und verließ den Raum.

KAPITEL 6

Es schien für immer, dort zu warten und an das Bett gefesselt zu sein.

Andrew hörte das Geräusch von ihr in der Dusche.

Für einen Moment fragte er sich, ob er aus den Handschellen herauskommen könnte, wenn er wollte.

Nein, das war nicht möglich.

Das gab ihm ein paar Momente der Panik, aber dann zwang er sich, sich zu beruhigen ... und zuzugeben, dass er wirklich nicht raus wollte.

Er dachte eine Weile darüber nach und sein schlaffer Penis wurde lebendig.

Er stöhnte und wünschte, sie würde sich beeilen ... wissend, dass sie ihren süßen Moment genoss.

Schließlich beendete sie das Duschen und betrat den Raum in einem weichen weißen Gewand.

Er ging zu einer Schublade und durchsuchte sie.

Ihr rotes Haar war gekämmt und hing feucht über ihren Schultern.

Sie nahm einige Dinge aus der Schublade, verließ den Raum wieder und sah ihn nicht einmal an.

Die Melodie, die sie summte, erregte die Aufmerksamkeit seines Ohrs.

Andrew folgte ihr mit seinem Blick.

Nachdem er sich angezogen hatte, kehrte er ins Zimmer zurück.

Sie trug ein enges, tief geschnittenes weißes T-Shirt, das ihre großen Brüste und ihre schlanke Taille enthüllte.

Mit einer schwarz-weißen karierten Shorts, die einen flachen Bauch und volle Hüften zeigt.

Sie trat an seine Seite.

Mit den Fingerknöcheln einer Hand fuhr er über ihre haarsträubende Kieferlinie.

Sie liebte es immer noch, wie mit diesen verletzlichen Augen.

Knöchel kamen hoch, um ihre Lippen zu verfolgen, und sie steckte einen Finger in seinen Mund.

"Saugen Sie sie." Sagte sie und hob einen zweiten Finger an ihren Mund.

Er schluckte, saugte sanft und schlang seine Zunge um sie.

"Du brauchst ein Wort." Sagte sie und pumpte ihre Finger in und aus ihrem Mund. "Ein Wort, um mir zu sagen, ob das, was ich tue, zu viel ist ... wenn du wirklich brauchst, dass ich aufhöre."

Sie riss ihre Finger von seinem Mund und er leckte seine Lippen.

"Du hast nichts getan, mit dem ich nicht umgehen kann." Murmelte er leise.

"Oh, wir haben wirklich noch nicht angefangen, Andrew!" Sagte sie mit einem kurzen Lachen. "Sag mir ein Wort".

"Erweichen", sagte er nach kurzem Zögern.

Es war eines der wenigen Dinge, die mir damals in den Sinn kamen.

"'Erweichen' ist, also ... Erinnerst du dich daran, okay?"

Sie wartete, bis er nickte, stand dann auf und ging zu einem Tisch in der Nähe.

Das Licht nahm zu, als er einige Kerzen anzündete.

Sie nahm eine Flasche Babyöl, griff hinüber und goss es großzügig auf seine Brust und seinen Bauch.

Mehr goss auf seinen Schwanz und seine Eier.

Er hielt den Atem an, als sie begann, das Öl mit ruhigen Händen über ihn zu verteilen.

Sie breitete es auf ihren Brusthaaren aus.

Dann starrte sie ihm in die Augen, streichelte das Öl über seinen Schwanz und seine Eier und umkreiste ihn in ihrem Haarnest.

"Ich brauche kein Wort, um das zu stoppen!" Sagte er mit einem kleinen Lachen.

Sie hob eine Augenbraue, trocknete ihre Hände an dem Handtuch, das sie trug, und stand auf.

Sie nahm eine weiße Kerze, die auf dem Tisch angezündet war.

Es war ungefähr zwei Zoll dick.

Sie legte sie ein paar Meter über ihrem Bauch auf den Boden und sah zu ihm auf.

Er schluckte und zuckte zusammen.

Die Kerze lehnte sich langsam durch ihre Hand und das heiße Wachs lief auf ihren Bauch.

"Ahhhh ...", stöhnte er und streckte seine Bauchmuskeln.

Er schnappte eine Minute nach Luft.

Sie sah zu und wartete, bis er wieder ihre Aufmerksamkeit bekam.

Jetzt war die Kerze an ihrer linken Brustwarze.

Sein Atem ging in kleinen Stößen, seine Augen waren auf die Kerze gerichtet.

Ein Stöhnen, als das Wachs auf ihre Brustwarze spritzte und über ihre Seite trieb.

Veronica blickte nach unten und war erstaunt zu sehen, wie hart sein Schwanz geblieben war.

Langsam senkte er das Segel, um über diesem pochenden Muskel zu schweben.

Wieder folgten ihre Augen ihm und weiteten sich dann.

"Nein ... nein ... nein, Veronica, bitte !!" Er spannte sich gegen seine Fäuste und schüttelte den Kopf.

"Du hast ein Wort, erinnerst du dich?" Fragte sie mit hartem Gesicht. "Wirst du es benutzen?"

Er blieb einen Moment stehen und sah sie an.

Er würde dieses Wort sagen müssen, wenn er wollte, dass dies endet.

Kopfschüttelnd ließ er sich gegen das Bett fallen.

Seine Augen schlossen sich, sein Gesicht wurde rot.

Veronica saß da und hielt die Kerze in der Hand und ließ mehr Wachs aufbauen ... und wartete darauf, dass er sie wieder ansah.

Nach einer Sekunde öffnete er die Augen.

"Bereit?"

Die Frage kam, als sie sah, dass sein Blick auf sie gerichtet war.

Eigentlich war es eher eine Aussage als eine Frage.

Er schob die Hände nach oben, ergriff die nächsten Kopfschienen und hielt sie fest.

Dann nickte er.

Diesmal hielt er es etwas höher und kippte die Kerze.

Langsam ließ er es tropfen, um auf seinen Schwanz zu spritzen, und tropfte auch über seine Eier.

Tropfen um Tropfen fielen herunter.

Stöhnend und zitternd fiel sein Kopf zurück, als die starken Empfindungen ihn trafen.

Sie tropfte weiter Wachs.

Jetzt an ihren Brustwarzen und an ihrer Brust ... und wieder an ihrem Bauch.

Sein Oberkörper war mit weißem Wachs bedeckt ...

Als seine Augen ihre trafen, sah er benommen und betrunken aus.

Ihr Gesichtsausdruck war jetzt weich.

Er setzte die Kerze wieder in die Halterung und beugte sich ein paar Zentimeter über ihr Gesicht.

Mit ihrer Hand umklammerte sie eine Handvoll seiner Haare und gab ihm schließlich diesen Kuss auf den Mund.

Er teilte seine Lippen, um sie willkommen zu heißen, stöhnte und ließ sich von seiner Zunge plündern.

Der Kuss war invasiv und fordernd.

Keuchend ließ er sich von ihr mitnehmen, wohin sie wollte.

Dies war eine Seite von ihm, von der er nie gedacht hatte, dass sie existiert.

Er tat ihr etwas an und durchbohrte sie mit rohem Hunger.

Er griff nach den Schlüsseln an den Handschellen und bewegte sich schnell, um sie zu entsperren.

Er schien verwirrt zu sein.

Sie küsste ihn erneut.
"Zieh deine Stiefel und Hosen aus", beharrte sie heiser.
Er war schnell zu gehorchen, als sie ins Badezimmer ging.

KAPITEL 7

Als sie den Raum verließ, arbeitete er schnell daran, das Durcheinander von Stiefeln, Jeans und Boxern zu entwirren.

Er hörte das Wasser im Badezimmer fließen.

"Wisch das Wachs von deinem Schwanz und deinen Bällen ab." Sie befahl ihm und kehrte mit einem warmen Tuch und einem Handtuch zurück.

Er war überrascht, wie leicht sich das Wachs mit dem Öl darunter ablöste.

Er sah von niedrigen Lidern auf sie herab, atmete sanft und folgte schnell ihrem Befehl.

Ihm war schwindelig.

Sie ging zum Schrank, während er sich aufräumte.

In einem der Regale stand ein Karton. Sie hob ihn hoch und stellte ihn auf einen Stuhl in der Nähe.

Er konnte eine Vielzahl von seltsamen Dingen in sich sehen ... und einige Dinge waren noch in den Umschlägen.

Die Schachtel verwirrte ihn ...

Hatte er diese Dinge gekauft? Lederwaren?

"Knie auf dem Bett." Befahl sie und zog etwas aus der Schachtel.

Sein Atem beschleunigte sich, als er auf das Bett kletterte und sich hinkniete.

"Hände an deinen Seiten."

Er senkte die Hände und zitterte ein wenig.

Das war so verrückt ...

Er war gerade gekommen, um zu sagen, dass es ihm leid tut, was passiert war.

Aber er konnte jetzt auf keinen Fall raus, auf keinen Fall!

Und sie hatte ihn geküsst ...

Das war genug für ihn zu bleiben.

Er schaute auf das, was sie hielt ... es war eine schwarze Lederhalskette, ungefähr zwei Zoll breit, mit einem Metallring auf der Vorderseite.

Oh Scheiße!

"Wirst du mir das anziehen?" Fragte er nervös und schluckte schwer.

Sein Schwanz pochte.

Ein feierliches Nicken war seine Antwort.

Mit zwei Fingern hob er ihr Kinn hoch und dann befestigte sie die Kette um seinen Hals.

Er hatte ein brennendes Gefühl, das bis in seine Leistengegend reichte.

Warum machte ihn das an?

Sie trat einen Schritt zurück und bewunderte ihn mit diesen Augen voller grüner Lust.

Das Leder fühlte sich überwältigend an ihrem Hals an.

Er versuchte in ihre Augen zu schauen, musste sie aber schließen.

Er senkte verlegen den Kopf.

"Du gehörst jetzt mir, richtig Andrew ?"

Er konnte ihren Körper so nah fühlen, als sie die Worte in sein Ohr atmete.

Er nickte und traute ihrer Stimme nicht.

Sie streckte die Hand aus, um das Wachs von ihren Brustwarzen zu bürsten, und bürstete die Spitzen mit ihren Fingern.

Gänsehaut bildete sich auf ihrer Haut, als er unter ihrer Berührung zitterte.

Plötzlich drehte er sich um und ging zurück zur Kiste.

Sie kam mit einer Art Lederband zurück.

Andrew schluckte, blieb aber still und wickelte dicke Lederbänder um seine Schenkel.

Sie ließ ihn wieder knien, zentriert auf dem Bett.

Dann band sie Bänder um seine Handgelenke und band sie an die Außenseite der Oberschenkelbänder.

Gelegentlich blieb sie bei ihrer Arbeit stehen, um ihn eifrig anzustarren.

Dann trat sie hinter ihn und stellte die Bänder um seine Knöchel ein.

Sie brachte ihn in eine breitere kniende Position und befestigte einige kurze Metallketten von den Knöcheln bis zu den Oberschenkeln auf beiden Seiten.

Jetzt war er bewegungsunfähig.

Handgelenke und Knöchel an den Oberschenkeln befestigt.

Muskulös festgehalten.

Er wehrte sich gegen Panik.

"Habe ich das Wort noch, wenn ich es brauche?" Fragte er mit zusammengebissenen Zähnen, den Kopf zurückgeworfen.

"Ja", sagte Veronica und ging erneut durch die Schachtel.

Sie stand wieder vor ihm, die Gegenstände in der Hand.

"Willst du jetzt dein Wort benutzen?"

"Äh, äh", sagte er kopfschüttelnd "nein" und bewegte die Kette gegen seinen Hals. "Ich muss nur wissen, dass diese Möglichkeit immer noch besteht."

Seine Brust hob und senkte sich mit seiner Anstrengung, seine Atmung zu kontrollieren.

Aber aus irgendeinem seltsamen Grund war sein Schwanz steinhart und tropfte Flüssigkeit auf sein Bett.

Sie griff wieder nach dem Babyöl und rieb etwas über seinen geschwollenen Schwanz.

Er fühlte sich himmlisch und schob seine Hüften so weit nach vorne, wie es die Fesseln erlaubten.

Schnell schlug sie ihn mit ihrer offenen Handfläche.

Er stöhnte und schob sich wieder vorwärts, unfähig sich aufzuhalten.

"Ruhe." Befahl sie mit einem kleinen Knurren in ihrer Stimme.

Er nickte und schluckte gegen ihren Hals.

Langsam legte sie einen schwarzen Gummiring auf seinen pochenden Schwanz.

Er sah erstaunt zu, wie sein Schwanz noch mehr wuchs und Adern über sein Glied ragten.

Es schimmerte aus dem Öl.

"Heilige Scheiße!" Er stöhnte und wünschte, er könnte es ertragen.

Aber er war von diesem Gedanken abgelenkt, als sie zur Kiste zurückkehrte ... und ein Päckchen aufstemmte.

Was jetzt?

Er stand vor ihm und hielt einen kegelförmigen schwarzen Gummigegenstand in der Hand.

Ist das ein Butt Plug?

Ich hatte sie schon einmal in Pornoläden gesehen ...

Ein Schauer durchlief ihn.

Nein ... oh verdammt nein!

Er begann den Kopf zu schütteln.

"Komm schon Veronica ... Auf keinen Fall ... das ist nicht was ich denke es ist ... oder?"

Er konnte seine Augen nicht davon lassen.

"Es ist, Andrew ... es ist das, was du denkst ... aber nicht das Beste, das ich habe. Du kannst damit umgehen. Bist du noch Jungfrau dort?"

Sie sah ihn an.

Er nickte bei ihrer Frage und schüttelte sich dann.

"Natürlich bin ich das! Das kannst du mir nicht auf den Hintern legen ... Komm schon, Baby, du meinst es nicht ernst! Bist du?"

Er zog an den Fesseln.

Sie stand ruhig vor ihm, ihre Beine kreuzten sich sexy, ihr Arschloch war mit einer Hand bedeckt und das Schmiermittel mit der anderen.

"Ich denke du kannst damit umgehen ... für mich." Sagte sie ruhig.

Er schüttelte erneut den Kopf, aber er hatte aufgehört, gegen seine Fesseln zu kämpfen.

"Für mich." Sagte sie noch einmal in einem heiseren Ton.

Langsam trafen seine Augen ihre.

"Wirst du mich wieder küssen?" Fragte er mit zittriger Stimme.

Er konnte nicht glauben, dass er damit einverstanden war.

Es war alles so verrückt.

Sie nickte und hielt Augenkontakt.

"Ja, ich werde dich auf jeden Fall wieder küssen, wenn du das für mich tust."

"Okay ... aber hörst du auf, wenn das zu weh tut?" Er fühlte sich verzweifelt und verängstigt.

Sie warf den Arschphallus und das Schmiermittel auf das Bett und kletterte neben ihn.

Sie beugte sich vor und strich mit ihren Lippen über seinen Nacken.

"Ich habe dich Baby." Sie flüsterte.

Er nickte zitternd, beruhigte sich aber.

Er sagte ihr vor vielen Jahren dieselben Worte, als sie lernte, auf dem Rücken ihres Fahrrads zu fahren.

OK, sie erinnerte sich auch daran, sie erinnerte sich, als die Dinge gut waren.

Er nickte erneut.

Veronica, die hinter seinem muskulösen Rücken und Arsch auf dem Bett kniete, bewunderte die Aussicht.

Sie liebte die Art, wie er aussah, gefesselt in dieser Position ...

Er liebte es, wie sie sich immer wieder seinen dunkelsten Wünschen unterwarf ...

Lass ihn seine Halskette tragen!

Ein Schauer durchlief sie und sie streichelte seine Arschbacke.

Er spannte sich an und wartete.

"Entspann dich ...", murmelte sie und rieb sich den Anus.

Sobald dies erledigt war, rieb sie einen Finger durch sein enges Loch.

Ein starkes Zittern schoss durch ihn, als er stöhnte.

Sie zog ihre Hand zurück, griff nach dem Schmiermittel und schmierte es an einem Finger.

Sie verteilte eine Menge Schmiermittel an der Außenseite ihres Lochs.

Ein Keuchen und er ließ seinen Kopf zurückfallen und lehnte seinen Körper an ihre Waden.

Der Raum war eng, aber sie konnte immer noch ihre Hand unter ihn führen, langsam einen Finger über seinen engen Arsch.

"Ohhhh ..." Er atmete leise aus.

Es war nicht gerade das Geräusch von Unbehagen.

Ein Lächeln breitete sich auf Veronikas Gesicht aus, als sie einen zweiten Finger nach innen fuhr.

Ein weiteres Stöhnen belohnte seine Bemühungen.

Sie benutzte ein wenig ihre Finger, um ihn zu entspannen.

Er zuckte zusammen und stieg von seinen Waden.

Sie spürte, wie der enge Eingang ein wenig nachgab.

Sie streckte die Finger aus, ergriff den phallusförmigen Stopfen und schmierte seine Länge großzügig ein.

Es war nicht riesig, aber sie wusste, dass er es auf diesem jungfräulichen Arsch so fühlen würde.

"Setz dich noch ein bisschen." Sie sagte es ihm, ihre Hand auf dem Gesäß ihres Arsches, um ihn zu führen.

Er folgte schweigend ihren Anweisungen, seine Brust hob sich.

Jetzt hatte sie Platz zum Arbeiten und legte das schmale kegelförmige Ende gegen ihr Loch.

Ein kleines Knurren, als er spürte, wie die nasse Spitze gegen ihn drückte.

Es drückte nach unten.

"Entspann dich", sagte er erneut, "und lehne dich zurück."

Sie holte tief Luft und versuchte es.

Schnell rutschte der Stecker zur Hälfte und mit einem schnellen, harten Druck schob er ihn an seinen inneren Ringen vorbei.

Die runde, flache Basis saß bequem zwischen ihrem Gesäß.

"Oh mein Gott!!" Er stöhnte ... "Scheiße! Also alles rein!" Er keuchte und versuchte es zu regeln.

Sie knallte leicht auf ihren Arsch, stieg vom Bett und ging zum Schreibtisch.

Er nahm ein Paar Wäscheklammern und sie legte eine auf jede Brustwarze.

Er stöhnte und zitterte.

Zurück auf dem Bett vor ihm fuhr Veronica mit den Händen über ihre Schultern und über ihre straffen muskulösen Arme.

Reiben Sie Ihren Bauch mit den Fingern über die Wachstropfen.

Er sah zu, während sie ihn bewunderte, so gefesselt.

Mit ihrer Hand hinter seinem Kopf zog sie ihn näher an sich und gab ihm den versprochenen Kuss.

Der Kuss, den er verdient hatte.

Sie kniete zwischen seinen ausgestreckten Knien und ließ ihren Körper gegen seinen drücken.

Seine Zunge erforschte ihren Mund mit solch leidenschaftlichem Verlangen, dass sie dachte, er könnte genau dorthin kommen.

Der Ring um seinen Schwanz gab gerade genug Druck, um ihn aufzuhalten.

Gott, sie hat so gut geschmeckt!

Ein Strom floss durch seinen ganzen Körper, als er alles so akut fühlte ...

Seine Zunge füllte ihren Mund, ihr Arsch füllte sich mit dem Stopfen, sein Schwanz schwoll gegen den Ring an, ihre Brustwarzen brannten und ihr Körper war gebunden.

Er war zu ihrem Vergnügen ein Sklave!

Er schluckte Luft und hatte das Gefühl, an all den Empfindungen ersticken zu können.

Seine pochende Erektion drückte gegen ihren Körper.

"Bitte Veronica", bettelte er ... er war sich nicht sicher, worum er bettelte. "Bitte!"

Sie nickte und küsste ihn noch einen Moment lang.

Dann trat sie zur Seite und begann langsam, seinen geölten Schwanz zu wichsen.

Volle Bewegungen von der Basis bis zum Kopf.

Er schüttelte seinen Körper unter seiner Hand, grunzte und stöhnte.

Zuerst fühlte es sich unglaublich an und sie warf den Kopf zurück.

Aber als sein Tempo zunahm, wurde es überwältigend.

"Langsamer Bitte!" Er bettelte ... es war zu viel auf einmal.

Er versuchte eine Hand zu heben, um sie aufzuhalten, aber das Armband hielt ihn auf.

Sie beschleunigte das Tempo mit einem bösen Lächeln auf den Lippen.

Seine Hand glitt über die gesamte Länge seines Schwanzes und schlug gegen seinen Pilzkopf.

Es war fast schmerzhaft, sein Schwanz war so geschwollen vom Ring.

Er grunzte.

Seine andere Hand streckte die Hand aus, um sie gegen eine bekleidete Brustwarze zu drücken, und er schrie.

"Hmm, das ist in Ordnung, fühle es!" Sie flüsterte ihm ins Ohr.

Sie drückte ihren Körper gegen seine Hüfte und schlug ihn ständig.

Trotz der Unbeholfenheit seines Tempos spürte er, wie sich Druck in seinen Bällen aufbaute.

"Ich werde ... ich werde ..."

Ihr Körper krümmte sich, als sie versuchte, sich gegen den Ring zu lösen.

"Du wirst jetzt kommen!" Sie knurrte in sein Ohr.

Kopf zurückgeworfen, Hüften bewegten sich innerhalb der Grenzen seiner Knechtschaft, Orgasmus traf ihn.

Helle Lichter pulsierten vor seinen Augen.

Die Muskeln spannten sich fest an und heißes Sperma pulsierte in einem Bogen.

Sein Körper krampfte sich zusammen und Welle um Welle wurde dickes weißes Sperma von ihm ausgestoßen.

Sie schüttelte weiter seinen Schwanz, bis der letzte Tropfen aus seinem müden Schwanz ausgestoßen wurde.

Sein Körper fühlte sich so ausgelaugt an wie sein Schwanz.

Euphorie überkam ihn und er fühlte sich, als würde er schweben.

Mit ihren Fingern an seinem Kinn hob sie seinen Kopf und gab ihm einen weiteren Kuss auf den Mund.

Dann begann sie ihn langsam zu lösen und entfernte zuerst die Wäscheklammern.

Andrew streckte seine Glieder und stieg schließlich mit leicht unsicheren Beinen vom Bett.

Er sah schweigend zu, wie sie die Bettwäsche entfernte und in die Ecke warf.

Sein Schwanz ohne Ring hing schlaff.

Er dachte, er könnte tagelang schlafen ...

Aber sie zog sich jetzt aus, ihre nackten weißen Kurven waren weich im Kerzenlicht.

Oh Gott ... es war so lange her! Und sie war so schön!

Die roten Haare, die auf ihre Schultern fielen ...

Staubige rote Locken bedeckten ihren Hügel.

Sein Mund wässerte sich, als sein Schwanz zum Leben erwachte.

Sie zog die Decke und die Laken zurück und lag auf dem Bett.

Sie spreizte ihre Beine und fuhr mit einer Hand über ihre feuchte Muschi ... dann rief sie mit der anderen Hand danach.

Er kletterte auf das Bett, sein Gesicht in ihrer nassen Fotze vergraben.

Er erinnerte sich an das Absacken in ihrem Gesicht und benutzte seine Zunge, um ihre süßen Säfte zu beschichten.

Himmel !! Hier sollte es sein!

Alles Zögern war weg.

Das wusste er fast wie eine Gewohnheit ...

Wie er seinen Körper zum Brummen bringt, wie er es gerne tut.

Er leckte ihren Kitzler und saugte an ihren Lippen.

Sie stöhnte als Antwort.

Drei Jahre konnten dieses Wissen nicht auslöschen.

Er hob seine Hände, um ihre Brüste und Brustwarzen zu reiben.

Diesmal war sie jedoch schon auf halbem Weg zum Abspritzen, als er anfing.

Ihre Erregung war bereits tief, angeheizt von ihren Unterwerfungshandlungen.

Mit offenem Mund drückte er seine Zunge gegen sie, erstaunt über ihre Antworten.

Gutturales Stöhnen entging ihm.

"Verdammt, du bist gut, Andrew!" Sagte sie und streichelte ihre Haare.

Die Worte bereiteten ihm einen Anflug von Vergnügen und er leckte enthusiastischer.

Als seine Hände nach seinen Haaren griffen und sein Körper angespannt war, wusste er, dass sie sich ihrer Ankunft näherte.

Er hörte nicht bei seiner Arbeit auf, seine Zunge drückte gegen ihren geschwollenen Kitzler.

Und als der Orgasmus explodierte und sie nach Luft schnappte, war er bereit für die Ejakulation, die aus ihrer Muschi kam.

Das war noch nie passiert!

Sie drückte seinen Kopf gegen ihren, als er ihn trank.

Wow, mit der Nacht ging sicher etwas gut!

Er sah erstaunt auf ihren aufgeregten Körper hinunter.

"Leck weiter!" Sie grunzte und hatte einen weiteren Krampf, als er sich beeilte, ihm nachzukommen.

Ein dritter und vierter Orgasmus ließ ihren Rücken zittern und belohnte seine Mühe.

Schließlich ließ sie sich mit einem erschöpften Seufzer gegen das Bett fallen und zog ihn zu sich.

Sie küsste sein nasses Gesicht und drückte sein Gesicht in ihre Hände.

"Bist du für immer zurück?" Sie fragte.

"Mir ist vergeben?" Er suchte ihr Gesicht ab.

"Ja, das bist du ... Aber vertraue darauf, dass du wieder verdienen musst."

Er nickte ernst bei ihren Worten, ein trauriger Ausdruck in seinen Augen.

Aber dann rollte sie sich auf seine Brust und drückte ihn mit ihrem Körper ans Bett.

"Aber es gibt noch etwas anderes, Andrew. Wie du sehen kannst, habe ich mich verändert. Ich habe jetzt andere Bedürfnisse ..."

Sie starrte ihn mit einem hungrigen Blick an.

"Wenn ich es bemerkt habe!" Sagte er mit einem kleinen Lachen und schluckte schwer.

Ihr Gesäß wurde rosa, sein Schwanz ruckte gegen ihren Oberschenkel.

"Also, bleibst du für solche Dinge ... wie das, was wir heute Abend gemacht haben?" Die Frage kam mit einem ernsten Blick.

Er vergrub seinen Kopf in ihrem Nacken und nickte inbrünstig gegen sie, zu verlegen, um ihrem Blick zu begegnen.

Sein Schwanz pochte.

Mit einem tiefen Seufzer der Erleichterung drückte sie ihn fest gegen sich.

Die Intensität seiner Umarmung sprach mehr als Worte sagen konnten.

Mit wachsender Aufregung wusste er etwas ...

Er wusste, dass es zwar Höhen und Tiefen geben würde, aber auf diese Weise einfacher sein würde.

Viel besser als zu kämpfen ...

Lass ihn einfach gehen und lass ihn zu deinem Vergnügen ein Sklave sein.

ENDE

KATIA
(EIN EROTISCHER BDSM-THRILLER)

KAPITEL I

Katias langer, prächtig geformter Oberschenkel schimmerte auf seiner gesamten Länge wie flüssiges Gold von der warmen Sonne, die durch das Fenster über das geschmackvoll eingerichtete Büro strömte.

Ihr kurzer grauer Rock trug wenig dazu bei, ihre Beine in festen Designer-Strümpfen zu verbergen.

Sogar die Sekretärin, die Katia durch das Glas und hinter der Sicherheit ihres Stahltisches beobachtete, fühlte sich gezwungen, die Perfektion der Besucherfigur zu bewundern.

Trotz des ständigen Stroms gut gekleideter und attraktiver Männer und Frauen, die durch die Türen der 'Dream Job Executive Placement Agency' gingen, war Katia eindeutig außergewöhnlich.

Ihre außergewöhnliche Schönheit war einer der Gründe, warum sie vor dem Büro von Anthony Robson, dem Geschäftsführer und Eigentümer der Agentur, wartete.

Katia sah sich in dem teuer dekorierten Büro um und lächelte.

Er fragte sich, was die anderen Mieter dieses exklusiven Gebäudes gesagt hätten, wenn sie erkannt hätten, dass das eigentliche Geschäft seines Nachbarn darin bestand, die Reichen und Berühmten mit Prostituierten zu versorgen.

Katia wurde in Osteuropa in einer guten Familie geboren und ist dort aufgewachsen.

Er hatte gerade sein Wirtschaftsstudium abgeschlossen, als eine Kombination aus volatiler Politik und dem russischen Mob seine Eltern ruiniert hatte, die tot in ihrem Schlafzimmer aufgefunden wurden, was das offensichtliche Ergebnis eines Selbstmordpakts war.

Katia hatte ihre Zweifel an der wahren Todesursache gehabt, aber sie war schlau genug, um still zu bleiben.

Als er das College abbrach, befand er sich auf dem Arbeitsmarkt in einem Land voller williger Arbeiter und weniger Jobs.

Er erkannte bald, dass er seinen Weg nach Westen machen musste, um irgendeine Zukunft zu haben.

Für die nächsten Monate verdiente Katia ihren Lebensunterhalt als Model für die vielen ausländischen Fotografen, die in ganz Osteuropa und Russland im Überfluss anzutreffen waren.

Trotz zahlreicher Angebote lehnte er es ab, in pornografischen Filmen oder Fotos für eines der großen Magazine und Websites zu spielen.

In jeder Modellierungssitzung tat sie ihr Bestes, um Freunde zu finden, und nutzte die Gelegenheit, um nachdenkliche und aktuelle Fragen zu stellen.

Schließlich beschloss er, Großbritannien ins Visier zu nehmen und fand mit Hilfe eines seiner neuen Freunde die richtige "Verbindung".

Mit einer sorgfältigen Auswahl von Fotos aus ihrer Modellierungsarbeit stellte sie einen Lebenslauf zusammen und schickte ihn per E-Mail an ihren potenziellen neuen Arbeitgeber.

Eine Woche später erhielt er einen Anruf von Anthony Robson und eine Einladung zu einem Interview mit einem seiner "Talentjäger".

Sie trafen sich in einem zurückhaltenden Restaurant und unterhielten sich mehr als eine Stunde lang.

Er stellte Katia Fragen über ihre Vergangenheit, ihre Ambitionen und Angelegenheiten im Allgemeinen.

Er fragte sie auch nach ihren sexuellen Gewohnheiten und Geschmäcken, von denen einige an die Obszönität grenzten.

Katia bemerkte bald, dass sie untersucht wurde und war darauf bedacht, ihm offen zu antworten und ließ sich von seiner unhöflichen Art nicht verführen.

Schließlich machte ihm der Personalvermittler ein Angebot.

Im Gegenzug für einen dreijährigen Servicevertrag würde die Agentur Ihnen ein großzügiges monatliches Mindesteinkommen garantieren und sich um Ihren Transport nach Großbritannien kümmern, einschließlich aller erforderlichen Einwanderungsdokumente.

Das Beste ist, dass sie mit drei Jahren garantiert ihre Staatsbürgerschaft in Großbritannien oder den Vereinigten Staaten erhalten hat.

Katia wusste, dass viele dieser Versprechen oft bedeutungslos oder falsch waren.

Alle seine Kontakte hatten jedoch viel über Robson und seine Organisation gesprochen.

Er hatte den Ruf, sein Wort zu halten.

Und da sie wenig zu verlieren hatte, unterschrieb Katia den Vertrag ohne weitere Diskussion.

Sie war jetzt eine erstklassige Eskorte.

KAPITEL II

Während ihrer ersten Woche in London belegte Katia einen Kurs in Verhalten und wurde von mehreren Top-Mitarbeitern von Robson unterrichtet.

Sie machten sie mit den neuesten Moden, dem heißen Klatsch, der die Gesellschaft umgab, sowie den Namen und Hintergründen der Reichen und Berühmten bekannt.

Im Rahmen dieses Kurses musste sie Sex mit einem Mann und einer Frau haben, die sie zwischen sich allen möglichen sexuellen Aktivitäten unterworfen hatten.

Angetrieben von der Entschlossenheit, niemals in die Armut ihrer alten Heimat zurückzukehren, schloss Katia mit Bravour ab.

Katia ließ sich bald in ihrem neuen High-Society-Leben nieder und fand es größtenteils angenehm, auch wenn die Männer, die sie unterhielt, manchmal rücksichtslos und fordernd waren.

Sie hatte drei Monate gearbeitet und war gerade in eine neue Wohnung gezogen, als sie einen Anruf von Robsons Sekretärin erhielt.

Sie sollte am nächsten Morgen an einem Treffen mit Mr. Robson teilnehmen.

Von diesem beispiellosen Ereignis geschockt, verbrachte Katia die Nacht damit, sich an jede reale oder imaginäre Straftat zu erinnern, die sie in Schwierigkeiten gebracht haben könnte.

Der Gedanke, dass sie gefeuert und aus ihrem neuen Leben geworfen werden könnte, erschreckte sie.

KAPITEL III

Katia hatte fast eine halbe Stunde vor Robsons Büro gesessen, als eine andere Frau hereinkam und sich neben sie setzte.

Katia hatte diese Frau noch nie zuvor getroffen, aber sie passte zum allgemeinen Profil der Begleitpersonen der Agentur.

Sie hatte schwarze Haare und war kleiner als Katia.

Sie trug einen engen und straffen schwarzen Lederanzug, der deutlich zeigte, dass ihr Körper schön, kultiviert und gut getönt war.

Der warme, moschusartige Geruch des Leders, kombiniert mit dem Parfüm und dem natürlichen Geruch der Frau, drang in Katia ein, die sich umdrehte, um ihn anzulächeln und zu nicken.

Die Ankunft der Frau schien ein Signal zu sein, und Augenblicke später blickte die Sekretärin von ihren Unterlagen auf und bedeutete den beiden, Robsons Heiligtum zu betreten.

Katia klopfte an die Tür und öffnete sie.

Als die beiden eintraten, sahen sie ihren Arbeitgeber Anthony Robson vor einem Sofa stehen und großzügig lächeln.

Ein niedriger Tisch wurde mit Tee und Keksen gedeckt.

Katia fühlte sich ein wenig entspannt, da das Szenario nicht zu einem Verweis oder einer Entlassung zu führen schien.

"Ladies, willkommen", sagte Robson und breitete die Arme aus, als wollte er sie umarmen.

"Setz dich bitte", sagte er und deutete auf die Stühle auf beiden Seiten von ihr. 'Tee?'

Beide Frauen nickten.

Katia konnte sehen, wie sich ihre eigene Verwirrung im Gesicht der anderen Frau widerspiegelte.

Sie hatte noch nie von einem Mitarbeiter gehört, der auf diese Weise geehrt wurde.

Ihre Aufmerksamkeit kehrte zu Robson zurück, als sie hörte, wie er sich räusperte, um sie anzusprechen.

„Ich freue mich sehr, Sie heute kennenzulernen. Es kommt nicht oft vor, dass ich sozusagen mit den Truppen sprechen kann «, sagte Robson, der sich wie ein typischer Boss-Cartoon der alten Schule anhörte.

Doch seine Augen verrieten den scharfen und berechnenden Intellektuellen, der ihn an die Spitze seiner etwas düsteren Industrie geführt hatte.

„Ich denke, ich sollte mich zuerst vorstellen. Katia, das ist Samantha, Samantha, Katia. '

Die beiden Frauen nickten sich höflich zu und nutzten gleichzeitig die Gelegenheit, um das Vermögen und das Aussehen der anderen Frau umfassender einzuschätzen.

Katia sah, dass ihre ersten Eindrücke von Samantha richtig waren, und bei näherer Betrachtung sah sie noch agiler und pantherhafter aus als zuvor.

Ihre großen dunkelbraunen Augen schienen ihr scharfes, kantiges Gesicht zu überwältigen und sie wie ein räuberisches Modell aussehen zu lassen.

Robson stellte seinen Tee ab und fuhr fort:

'Die Agentur wurde von einem sehr prominenten Kunden kontaktiert, der eine eher ungewöhnliche Anfrage gestellt hat. Aufgrund der Bedeutung und des potenziellen Nutzens, die erzielt werden können, wenn wir diesen Kunden zufrieden stellen können, habe ich zwei unserer besten Mädchen für diesen Job ausgewählt. ' Er nickte und sah jede Frau der Reihe nach an. „Samantha, wenn Sie den Job annehmen und zur Zufriedenheit des Kunden arbeiten, erhalten Sie das Zehnfache Ihres regulären Tarifs. Katia, ich vermute, deine Belohnung wird noch größer sein. Wenn Sie in diesem Job gut abschneiden, verzichtet die Agentur auf den Rest der

Vertragsbedingungen und organisiert Ihre Staatsbürgerschaftsdokumente.

Katia spürte, wie ihr Herz höher schlug, als sie Robsons Worte hörte.

Er bot nicht nur seine Freiheit, sondern auch die Möglichkeit, der Angst, in die Verzweiflung seines früheren Lebens zurückkehren zu müssen, dauerhaft zu entkommen.

Das sanfte Lächeln ihres Arbeitgebers brachte ihre Gedanken jedoch zurück in die Realität.

Robson hatte noch nicht gesagt, was von ihnen als Gegenleistung verlangt wurde.

„Ich werde nichts Verbrecherisches tun. Noch dass es Kinder oder Drogenverkäufe gibt ", sagte Katia." Wenn ich so ein Leben gewollt hätte, wäre ich zu Hause geblieben. "

Aus dem Augenwinkel sah sie, wie Samantha sie mit hochgezogenen Augenbrauen beobachtete.

Robson sah verletzt aus, anscheinend verzweifelt, dass Katia seine Motive vermutete.

»Nein, das ist nichts dergleichen«, sagte er kopfschüttelnd. „Ich werde es dir erklären. Unser Kunde ist Virginia Williamson, ehemalige Frau von Joseph Williamson.

Katias Augen weiteten sich überrascht.

Joseph Williamson war der Gründer und CEO eines der größten Verteidigungsunternehmen in Europa.

Sein spektakuläres plötzliches Verschwinden während einer Demonstration eines neuen Raketenabwehrsystems, das Williamson zu einem Supermillionär machen und Verteidigungssysteme auf der ganzen Welt revolutionieren sollte, hatte tagelang die Schlagzeilen gefüllt.

'Damen. Williamson kam durch eine Freundin von uns und zeigte Interesse an unseren Dienstleistungen. ' Robsons Verhalten änderte sich, als er anfing, über Geschäfte zu reden, und er schien eher der hochklassige Zuhälter zu sein, der er wirklich war. Sie hat darum gebeten, dass wir ihr zwei Frauen für eine BDSM-Sitzung zur Verfügung stellen. Sie will jedoch keine erfahrenen Unterwürfigen, sondern "normale" Frauen.

Samantha nickte langsam verständnisvoll.

Als Robson sie ansah, zuckte er die Achseln und sagte:

'Warum nicht?'.

Katia zögerte.

Der Gedanke an Schmerz machte ihr keine Angst, aber sie befürchtete, dass sie diesen Kunden nicht zufrieden stellen und daher Robsons Zorn riskieren könnte.

'Warum hast du mich gewählt?' Sie hat ihn gefragt.

"Eigentlich war Mrs. Williamson diejenige, die Sie aus unserem Videokatalog ausgewählt haben", antwortete Robson, als seine Augen sich angesichts von Katias mangelnder Begeisterung verengten.

Katia wurde plötzlich klar, dass sie Mrs. Williamsons Hauptwahl gewesen war.

Sie nickte und lächelte ihren Chef an.

"Ich hatte Angst, ihren Geschmack nicht befriedigen zu können", erklärte er, "aber wenn sie mich ausgewählt hat, freue ich mich zu gehen."

"Gut", sagte Robson, lächelte erneut und rieb sich die Hände wie ein Händler, der gerade einen Deal über einen harten Verkauf abgeschlossen hatte. "Und denken Sie daran, sie zahlt einen höheren Preis, denn was auch immer sonst passiert, das ist keine ernsthafte Verletzung in der Sitzung", sagte er und hob nachdrücklich eine Augenbraue.

Beide Frauen nickten.

Katia konnte sich keine Antwort vorstellen, die nicht ängstlich oder prahlerisch klang, also gab sie nur ein zustimmendes Geräusch von sich.

"Sie beide werden morgen um zwei Uhr nachmittags bereit sein, nach Hause zu gehen." Sagte Robson.

Katia erkannte, dass dies der Abschied war und stand auf, um zu gehen.

Robson winkte ihr vage zum Abschied.

Als er bemerkte, dass Samantha nicht versucht hatte zu gehen, zögerte er.

"Mach weiter, Katia. Ich habe noch etwas mit Samantha zu besprechen", sagte Robson und lud sie aus dem Büro ein.

***

Katia verließ das Gebäude.

Sein Geist füllte sich mit widersprüchlichen Gedanken und Emotionen.

Sie war Robson gegenüber nicht dankbar, da es der Kunde war, der sie ausgewählt hatte, und sie zahlte ihr wahrscheinlich eine unglaubliche Gebühr.

Sie hatte lange genug gearbeitet, um zu wissen, dass wirklich attraktive, noble Frauen, die bereit waren, ernsthafte Strafen zu akzeptieren, äußerst selten waren, also war Robsons Angebot fair.

Sie war auch besorgt, da sie noch nie zuvor geschlagen oder gefoltert worden war.

Als sie auf dem Heimweg hinten im Taxi saß, klemmte sie sich vorsichtig den Oberschenkel und versuchte sich vorzustellen, wie sie mit Frau Williamson lächelte und flirtete, während ihr ganzer Körper voller Schmerzen war.

***

Katia saß auf der Bettkante, sah sich im Spiegel an und nickte.

Die Auszeichnung hat sich gelohnt und sie war entschlossen, dieser ungewöhnlichen Kundin zu gefallen, egal was sie kostete.

Nachdem Katia sich entschieden hatte, schlief sie in dieser Nacht tief und fest, ungestört von weiteren Zweifeln.

KAPITEL IV

Katia verbrachte den nächsten Morgen im Salon, arbeitete an ihrem Körper, rasierte und schnitt ihr Schamhaar und rieb die Lotion in ihre Haut, bis sie glühte.

Nach einem leichten Mittagessen mit Salat und einem Glas Weißwein wurde sie von einer gemieteten Limousine abgeholt.

Samantha war bereits im Auto und es war ebenso makellos sauber.

Sie trug einen schwarzen Wollrock, der knapp unter die Knie fiel, aber fast bis zur Hüfte einen Schlitz in der Seite hatte, einen dunkelbraunen Rollkragenpullover und passende Stiefel sowie eine übergroße cremefarbene Lederjacke. .

Katia war froh, dass sie sich entschieden hatte, eine taubengraue Jacke und einen Rock mit einer cremefarbenen Seidenbluse zu tragen.

Ihre gegensätzlichen Erscheinungen würden nur die Unterschiede zwischen den beiden Frauen hervorheben und dem Klienten ein wenig Abwechslung und Auswahl geben.

Katia war überrascht zu sehen, dass ein Smartphone an Samanthas Taille befestigt war.

Es war eine Regel, dass in der Agentur niemand ein Telefon trug.

Die Agentur stellte keine Begleitpersonen für das "Fasten" in Hotelzimmern zur Verfügung, und das Verbot von Smartphones diente nur dazu, die Tatsache zu betonen, dass Mädchen niemals einen Kunden überstürzen oder den Kunden ignorieren sollten, während sie telefonieren.

Samantha bemerkte Katias Überraschung und lächelte.

'Befehle vom Chef. Er möchte sicherstellen, dass alles zu Mrs. Williamsons Zufriedenheit ist «, sagte er und tippte mit einem gepflegten Fingernagel auf das Telefon. 'Keine Sorge. Ich werde es ausschalten, wenn wir dort ankommen. '

Das Auto hielt vor der Haustür an.

Das Sicherheitspersonal muss die Fahrzeugnummer und Fotos der erwarteten Insassen erhalten haben, da die Tür geöffnet wurde, bevor der Fahrer die Möglichkeit hatte, die Gegensprechanlage zu erreichen.

Als sie vor dem Haus ankamen, warteten sowohl Katia als auch Samantha darauf, dass der Fahrer ihre Türen öffnete, bevor sie das Fahrzeug anmutig verließen.

Die Haustür stand offen und ein dunkel gekleideter Butler wartete dahinter.

"Mrs. Williamson wartet im Wohnzimmer auf Sie", sagte er, als sie sich näherten. "Bitte gehen Sie hier herum."

Der Butler gab keinen sichtbaren Hinweis darauf, dass er sich ihres Berufs oder des Zwecks ihres Besuchs bewusst war.

Katia war sich sicher, dass sie alle Details kannte und es vorgezogen hätte, wenn sie durch den Serviceeingang eingetreten wären.

Der Butler klopfte leise an die Wohnzimmertür und verkündete:

"Ihre Besucher sind hier, Ma'am."

Er trat zur Seite und führte die beiden Frauen in den Raum.

»Mach die Tür zu, Phillip. Sie dürfen uns aus keinem Grund unterbrechen, es sei denn, ich rufe Sie an ", sagte Virginia Williamson und erhob sich von ihrem Stuhl.

Er wartete darauf, dass sich die Tür schloss und der Butler wegging, bevor er wieder sprach.

Lächelnd sagte sie:

'Herzlich willkommen. Ich freute mich darauf, sie zu sehen. '

»Du musst Katia sein und du, Samantha«, fuhr er fort und nickte jedem von ihnen zu.

Katia und Samantha lächelten und winkten zurück.

Mrs. Williamson machte keine Anstalten, sich die Hand zu geben, und so warteten beide darauf, dass ihr Klient angab, wie er vorgehen wollte.

"Setzen Sie sich und lassen Sie uns einen Moment plaudern", sagte ihre Gastgeberin. "Oh, und bitte können Sie mich Virginia nennen."

Er wartete, bis sich die beiden Mädchen gesetzt hatten, bevor er fortfuhr.

"Lassen Sie mich Ihnen ein paar Informationen geben, damit Sie verstehen, was ich von Ihnen will."

Er hielt einen Moment inne, um seine Gedanken zu sammeln.

Ich habe meinen Mann für sein Geld geheiratet, und er wusste es. Es gab keine Illusionen auf beiden Seiten, aber bitte denken Sie nicht, dass alles trostlos und söldnerisch war. Wir verstehen uns sehr gut und bilden ein gutes Team. '

Virginia lächelte.

„Sie müssen sich fragen, warum ich ihnen all diese prosaische Geschichte erzähle. Nun, ich bin eine hübsche Frau und klug genug, ihn zu einem geeigneten Begleiter zu machen. Er hat mich jedoch insbesondere aus einem anderen Grund ausgewählt. Sie sehen, im Schlafzimmer war er ein Sadist. Er hat es genossen, seine Geliebten körperlich zu verletzen. '

Als Katia und Samantha diese Offenbarung hörten, sahen sie sich schnell an.

Als Virginia dies sah, lachte sie und ihre sanfte, melodiöse Stimme überraschte die Mädchen.

„Nein, meine Lieben, ich bin kein armes Mädchen geworden. Kurz nachdem wir uns getroffen hatten, erzählte er mir alles über seinen Geschmack in "Unterhaltung". Ich war derjenige, der sich freiwillig für ein sehr angenehmes Leben gemeldet hat. Im Gegensatz zu einer misshandelten Frau war ich in der Öffentlichkeit immer aufrichtig fröhlich und liebevoll, immer für Spaß und Spiele von ihm verfügbar, wenn er in der Stimmung war. Als wir herausfanden, dass sie einen nicht operierbaren Tumor in ihrem Gehirn hatte, war sie wirklich schockiert und traurig. Am Ende sagte er, ich sei die einzige Person auf der Welt, mit der er zusammengelebt habe, die aus diesem Grund nicht versucht habe, ihn zu ändern, und zu meiner Überraschung habe er mir alles hinterlassen, was er in seinem Testament hatte. «Sie biss sich auf die Lippe, verloren. wieder in seinen Gedanken.

Plötzlich wurde Virginia munter.

"Tatsächlich", sagte er, "wurden gestern alle technischen rechtlichen Probleme gelöst, und in kurzer Zeit werden die Treuhänder Ihres Nachlasses einen speziellen Link für mich im Intranet des Unternehmens einrichten. Sobald ich mich mit meinem neuen Benutzer unter anmelde." Das mobile Terminal auf diesem Tisch, die Kontrolle über alle Bankkonten meines Mannes, die Patentrechte und die Aktien werden zu meinen Gunsten übertragen. '

Sie lachte wieder.

„Mein Mann liebte sein Spielzeug so sehr. Das ganze Haus ist mit einem drahtlosen Infrarotnetzwerk ausgestattet. Er hat dieses Terminal überall hin mitgenommen, sogar zur Toilette. «

Virginia Williamson stand auf und drehte sich um.

Der weiche, durchscheinende weiße Stoff ihres Kleides bewegte sich wie eine Wolke, die von einem Windstoß erfasst wurde, und die beiden Mädchen sahen, dass sie einen feinen, gut getönten Körper hatte.

»Ihr zwei könnt mir ein kleines Geschenk sein, um diesen Anlass zu feiern. Eigentlich hat mir ein guter Freund die Idee gegeben. Als ich sagte, ich hätte meinem verstorbenen Mann keinen bösen Willen gewünscht, mich so zu behandeln, wie er mich behandelte, meinte ich es ernst. Es scheint mir jedoch, dass ich tief in meinem Kopf immer das Gefühl hatte, dass andere Frauen mich auslachten und mich störten. «Er sah jedem der Mädchen in die Augen.» Ich sage es mir Ich weiß, dass Millionen von Frauen dasselbe getan hätten, wenn sie meine Chance gehabt hätten, aber ich muss es selbst sehen. "Und sie zeigte auf Samantha und fragte sie zum ersten Mal:„ Verstehst du, was ich will? "

Samantha lächelte und zuckte die Achseln.

„Ich bin hier, damit du eine gute Zeit hast. Wenn du meinen Hintern röten oder mich schlagen willst, gehöre ich dir «, sagte sie und tätschelte ihr Gesäß mit der Hand.

Virginia hob eine elegante Augenbraue und wandte sich dann an Katia.

'Und Sie?'

Katia dachte über Samanthas Haltung nach und dachte darüber nach, was die Frau gesagt hatte.

Er erinnerte sich auch daran, dass Virginia keine erfahrenen Unterwürfigen wollte.

Er trat vor und nahm Virginias Hand in seine.

Er brachte es an seine Lippen, küsste die Fingerspitzen der Frau und drückte dann seine Hand auf die Seite ihres Gesichts.

Langsam fuhr er mit seiner Hand über den Winkel ihres Kiefers und die anmutige Krümmung ihres Halses, bis er auf der oberen Krümmung einer ihrer Brüste ruhte.

„Ich weiß nicht, wie Sadisten spielen, aber ich kenne meinen eigenen Körper. Ich weiß, was sich gut anfühlt und was weh tut. Normalerweise möchten die Leute, dass ich ihnen sage, was sich gut anfühlt und wo ich möchte, dass mein Körper berührt wird. Aber ich werde dir all die weichen, zarten und sensiblen Stellen zeigen, an denen ich stöhnen, weinen und schreien werde. Ich werde mich ausstrecken und öffnen, damit Sie alle geheimen Stellen und feuchten und empfindlichen Stellen mit Ihren Fingern, Händen, Zähnen und Peitschen erreichen können. Ich werde dich küssen und dich lecken, während du mich verletzt. Ich habe einen schönen und sexy Körper und es liegt ganz bei dir, damit zu spielen, wie du willst. '

Virginia sah Katia tief in die Augen und sah Stärke, Entschlossenheit und Humor.

Sie drückte sanft den festen fleischigen Globus unter ihre Handfläche und nickte.

Sie senkte die Hand und rutschte in ihren Sitz zurück.

„Lass mich dich nackt sehen. Ihr beide. Zieh dich aus und stell dich vor mich. '

Sowohl Katia als auch Samantha waren erleichtert, diese vertraute Bitte zu hören.

Das anmutige Ausziehen vor einem Fremden war eines der ersten Dinge, die eine Eskorte lernen konnte.

Samantha zog das Smartphone aus ihrer Taille und reichte es Katia, als sie den Aus-Knopf drückte und die helle LED an der Vorderseite des Geräts ausschaltete.

Sie zwinkerte, betonte die Einhaltung der Vorschriften der Agentur und stellte das Telefon neben dem Computerterminal auf den Tisch.

Samantha zog ihre Kleider aus und warf sie beiseite, als wäre sie froh, sie loszuwerden, wodurch ihr gebräunter und fast fröhlich getönter Körper freigelegt wurde.

Mit einem sicheren, selbstbewussten Schritt trat er von seinen Kleidungsstücken zurück und hielt einen Arm von Virginia entfernt an.

Er fuhr mit seinen Händen leicht über ihre Brüste, über ihre spitzen Brustwarzen und über die wellige Ebene ihres flachen Bauches, bevor er sie arrogant auf ihre Hüften legte.

Katia war weniger Exhibitionistin.

Tatsächlich war es ihr immer etwas peinlich, wenn sie sich vor einem Kunden auszog.

Er faltete jedes Kleidungsstück sorgfältig zusammen und legte es auf einen Stuhl, wodurch sein Körper effizient freigelegt wurde, jedoch ohne das Schauspiel seines Kollegen.

Sie zog ihre High Heels an und schloss sich Samantha vor Virginia an.

Virginia beugte sich in ihrem Sitz vor und streckte die Hand aus, um die festen, glatten Schenkel der beiden Mädchen zu berühren.

Das Gefühl seines warmen Fleisches unter ihren Fingern schien sie zur Realität der Situation zu bringen und ihre Augen leuchteten vor Aufregung.

Ihre Zunge kreuzte ihre Lippen, als sie all ihren rachsüchtigen Fantasien und Bildern vergangener Demütigungen, die von Frauen einer verächtlichen Gesellschaft real oder eingebildet wurden, erlaubte, ihren Geist zu füllen.

Er fuhr mit den Fingern über die seidige Haut ihrer inneren Schenkel und blieb stehen, bevor er ihre Hügel berührte.

"Wir werden ein kleines Spiel spielen", sagte Virginia.

Er griff unter den Couchtisch neben seinem Stuhl und ähnelte einer bösartig aussehenden Reitpeitsche aus glänzendem schwarzem Leder.

„Ich möchte, dass ihr beide ein bisschen mit euch selbst spielt. Bleib genau dort, wo du jetzt bist und spreize deine Beine ein bisschen. '

Er wartete darauf, dass die beiden Mädchen gehorchten und schlurften, bis sie wie Soldaten waren, die sich auf der Parade ausruhten.

"Jetzt benutze die Finger einer Hand, um deine Lippen zu öffnen und mir deine Klitoris zu zeigen", befahl Virginia.

Zusammen streckten Samantha und Katia die Hand aus und spreizten ihre Außenlippen mit Zeige- und Mittelfinger, sodass ihre blassrosa Innenlippen wie ein Paar fleischiger Schmetterlinge aussahen.

Durch leichtes Hochziehen gelang es ihnen, die schützende Hauthaube von ihren Klitoris weg und weg zu hebeln.

"Das ist gut", sagte Virginia. „Jetzt möchte ich, dass beide mit ihren Klitoris spielen. Nicht an einer anderen Stelle berühren. Nur ihre Klitoris. '

Katia legte die Hand vor den Mund, um die Fingerspitze zu schmieren.

Virginia schüttelte den Kopf und sagte:

'Nicht. Tu das nicht. Verwende kein Schmiermittel. ' Sie winkte die Ernte vor ihren Hüften. 'Dies ist ein Wettbewerb. Die Gewinnerin bekommt ihren Preis mit dieser Peitsche in den Arsch ", sagte er grinsend," und der Verlierer wird ihre Muschi hämmern lassen. "

Die beiden Mädchen streichelten vorsichtig ihre Klitoris und zuckten zusammen, als ihre trockenen Finger über die trockene, schmerzhaft empfindliche Haut kratzten.

»Übrigens«, sagte Virginia. „Ich habe nicht entschieden, ob derjenige, der zuerst läuft oder derjenige, der Zweiter wird, der Gewinner sein wird. Vielleicht eine Münze werfen. Aber lassen Sie mich Sie warnen, ich werde jeden bestrafen, der versucht, einen Orgasmus vorzutäuschen oder nicht wirklich versucht zu kommen. "

Samantha stöhnte bestürzt, schloss konzentriert die Augen und rieb ihren Finger in kleinen Kreisen um ihren steifen Kitzler.

Katia verwendete eine andere Technik, hielt die Fingerspitze an einem Punkt direkt über ihrer Klitoris und vibrierte ihren Finger in kleinen Bewegungen von einer Seite zur anderen.

Beide Mädchen fanden es sehr schwierig, sich genug zu stimulieren, um ihren Höhepunkt zu erreichen, ohne den Rest ihres Körpers berühren zu können.

Auch der Druck, an einem Wettbewerb teilzunehmen, machte es noch schwieriger.

Und trotz Virginias Warnung hatten beide Mädchen keine andere Wahl, als zuerst zu versuchen, einen Höhepunkt zu erreichen, in der Hoffnung, die schwerste Bestrafung zu vermeiden.

Die Muskeln in Katias Beinen und Gesäß zitterten vor Anstrengung, mit weit auseinander stehenden Füßen zu stehen, als sie sich in einen Orgasmus stürzte.

Er sehnte sich danach, ihre Brüste und Brustwarzen streicheln zu können, und stellte fest, dass die Notwendigkeit, sich nur auf ihren Kitzler zu konzentrieren, es ihr tatsächlich schwerer machte, zu kommen.

Die ständige Reibung seines trockenen Fingers ließ ihren Kitzler schmerzen und Katia wusste, dass sie nicht nur mit Samantha, sondern auch mit ihrem eigenen Körper in einem Rennen war.

Sie musste ihren Höhepunkt erreichen, bevor seine Berührung zu irritierend für sie wurde, um zum Orgasmus zu kommen.

Sie konzentrierte ihre Aufmerksamkeit auf die kleine Knospe, die sich zwischen ihren Fingern ausbreitete, und ließ ihre Gefühle, Scham und Aufregung, sich Virginia auf diese obszöne Weise zu zeigen, auf ihrer Anregung aufbauen.

Tatsächlich spürte sie, wie ihr Kitzler kribbelte, als Virginias Blick über ihren Schritt wanderte.

Jede Bewegung seines Fingers sandte eine vibrierende Vibration durch ihren Körper, die von ihrem super stimulierten Kitzler nach außen strahlte.

Er rannte durch die Wellen der Empfindung und absorbierte den schmerzenden Schmerz von ihrem Kitzler, der Vergnügen und Schmerz verband.

Virginia richtete ihre Aufmerksamkeit auf Samantha, die ihren Kitzler aggressiv drehte, das Unbehagen ignorierte und sich immer stärker rieb.

Sie stützte sich auf die Hüften, drückte sich gegen ihre Hand und schnappte nach Luft.

Ihre Augen schlossen sich und ihre Haut begann vor Anstrengung zu glühen, als sie zum Orgasmus ging.

Die Frau sah fasziniert zu, wie die beiden Mädchen angespannt masturbierten und stöhnten, als sie sich fast gleichzeitig ihrem Höhepunkt näherten.

Er sah, wie Samanthas Augen Katia ansahen, und dann zeigten ihre Zähne ein triumphierendes Lächeln, als die Muskeln in ihrem Bauch in den kleinen Krampfbewegungen, die ihren Orgasmus anzeigten, zuckten und sich zusammenzogen.

Samanthas Hüften bewegten sich und flachten ab, als würde sie gegen einen unsichtbaren Liebhaber stoßen, und ihre Schenkel schlossen sich und hielten seine Hand zwischen ihnen.

Nur ein paar Sekunden später schrie Katia ohne etwas zu sagen, als ihr vibrierender Finger sie schließlich zum Orgasmus brachte.

Sie taumelte, als das intensive Gefühl ihre Knie schwach machte, aber sie behielt ihre allgemeine Haltung bei und arbeitete weiter an ihrem Kitzler, was dazu führte, dass sich ihr Höhepunkt in eine Reihe von Mini-Orgasmen verwandelte.

Virginia konnte tatsächlich sehen, wie Katias Kitzler pochte und sich bewegte, als sie kam und ging.

Die Öffnung von Katias Vagina schimmerte mit milchigen Flüssigkeiten, die aus ihrem Loch zu lecken drohten und auf den Teppich tropften.

Katia war sich bewusst, dass sie tatsächlich zur Unterhaltung ihrer Klientin auftrat, hielt ihre Position und spreizte ihre Muschi vorsichtig, damit Virginia die steifen Blütenblätter ihrer inneren Lippen und die tiefrote Farbe ihres stimulierten Fleisches sehen konnte.

Sie zuckte geistig bei dem Gedanken zusammen, in ihre Muschi geschlagen zu werden.

Virginia klatschte in die Hände.

'Ladies, Bravo! Das war eine hervorragende Leistung von Ihnen beiden. Dann holte er eine Münze heraus, die er in die Luft warf. 'Und der Gewinner ist: Der letzte! 'Er sagte dieses Weinen dramatisch.

Samantha grunzte angewidert, während Katia erleichtert aufatmete.

Virginia winkte mit ihrer Reitpeitsche und sagte:

»Also gut, verteilen wir die Preise. Katia, du zuerst. Behalte deine Beine wie sie sind und hocke dich hin, um deine sechs Auszeichnungen zu erhalten. '

Katia beugte sich gehorsam vor, legte die Hände auf die Knie und beobachtete mit Angst die böse aussehende Reitpeitsche.

Die Reitpeitsche und ihr Halter gerieten hinter ihr außer Sicht und sie biss erwartungsvoll die Zähne zusammen.

Trotz ihrer verängstigten Konzentration hatte der Schwung der Peitsche durch die Luft kaum Zeit, sich zu registrieren, bevor sie spürte, wie die Peitsche direkt auf ihr Gesäß traf.

Brennender, stechender Schmerz füllte beide Wangen ihres straff gespannten Gesäßes, als sie vom Aufprall nach vorne schaukelte.

"Bitte zählen Sie sie", sagte Virginia und beobachtete die rasche Zunahme der Farbe, die Katias Haut sauber schnitt.

'Einer!' Katia schnappte nach Luft.

SSSSS ... knacken!

'Oh! Zwei'

Der dritte Schlag traf Katia genau an der Kreuzung, an der ihre Schenkel auf ihr Gesäß trafen, und die Spitze der Ernte zog einen kleinen Blutstropfen und malte einen dunkelroten blauen Fleck.

Katia schrie vor Schmerz und ihre Finger ballten sich auf ihren Knien, als sie ihren instinktiven Wunsch bekämpfte, aufzuspringen und ihr verletztes Fleisch zu reiben.

'Drei'.

Die vierte und fünfte Wimper folgten schnell hintereinander und zeichneten zwei weitere gerade purpurrote Linien auf Katias Rücken.

Virginia zielte vorsichtig und warf ihre Peitsche hart für den sechsten und letzten Schlag.

Diesmal traf die Peitsche direkt ein Gesäß, aber die Spitze sank tief in den Spalt zwischen ihnen und biss wild in Katias Loch.

Der Schmerz und der Schock waren zu groß für Katia, die aufsprang und beide Hände ausbreitete, um ihr verletztes Fleisch zu schützen.

Sie behielt jedoch immer noch genug Geistesgegenwart bei, um "Sechs!" und damit seine Tortur beenden.

Virginia fuhr mit der Hand über Katias feurig rote Haut und genoss die Wärme und das Gefühl der steifen, purpurroten Grate, die sie dort erscheinen ließ.

Katia drückte ihren Körper gegen seinen Peiniger, ihre Brüste drückten gegen Virginias Schulter.

"Hat es sehr wehgetan?" Fragte Virginia leise.

Katia schüttelte den Kopf und streichelte den Arm der Frau.

"Es ist egal", antwortete sie, "solange ich glücklich bin."

Er drehte den Kopf, um Virginias Gesicht anzusehen und schenkte ihr ein trauriges Lächeln.

"Du kannst mich ein bisschen mehr schlagen, wenn du willst", bot sie an.

Virginia küsste sie auf die Wange und lächelte zurück.

'Es ist genug für jetzt. Samantha wartet darauf, mit mir zu spielen. '

Sie umarmte Katia.

Das Gefühl und der Geruch des schönen Körpers des Blonden in seinen Armen erfüllten seine Sinne und Virginia konnte fühlen, wie ihr Höschen in ihrem Schritt klebrig wurde.

KAPITEL V.

Samantha stand mit verschränkten Armen vor den Brüsten und hatte gesehen, wie Katia mit einem kleinen Lächeln auf ihrem Gesicht verprügelt wurde, aber es verschwand schnell, als die beiden anderen Frauen zu ihr aufblickten.

Er zeigte mit der Nase auf die Reitpeitsche in Virginias Hand und sagte:

„Jetzt bin ich dran, denke ich. Wie soll ich das tragen? Meinen Arsch wie Katia zu heben wird nicht funktionieren, wenn du meine Muschi schlagen willst. '

"Warum schlägst du nicht etwas vor?", Antwortete Virginia und stieß mit der Peitsche in ihrer Handfläche an.

Samantha sah sich im Raum nach Inspiration um.

Als sie erkannte, dass jede Position, in der sie Gleichgewicht und Konzentration zeigen musste, während ihre Genitalien verprügelt wurden, unmöglich beizubehalten war, traf sie ihre Wahl.

„Wie wäre es, wenn ich auf der Couch auf meiner Seite liege? Ich kann mein Bein anheben und spreizen, damit du eine gute Chance hast, meine Muschi zu verprügeln. '

Sie passte ihre Worte an die Tat an und demonstrierte die Haltung, die sie vorgeschlagen hatte.

Mit ihrem Unterarm hinter dem Knie konnte sie sich mit beiden Armen an ihrem Bein festhalten, was ihr helfen würde, ihre Beine offen zu halten, selbst wenn Virginia ihr Geschlecht schlug.

"Das sieht gut aus", sagte Virginia und berührte Samanthas Fotze experimentell mit ihrer Peitsche.

Die Haltung des Mädchens öffnete die Vulva ihres Geschlechts so weit, dass Virginia ihren Scheidengang sehen konnte.

Der Anblick von Samanthas offener Vagina brachte Virginia auf eine Idee und sie wandte sich an Katia, die immer noch sorgfältig ihr schmerzendes Gesäß rieb.

"Katia, ich möchte, dass du etwas für mich tust, während ich Samantha unterhalte."

Katia nickte.

'Natürlich'.

Virginia zeigte mit ihrer Reitpeitsche.

»Sehen Sie den glänzenden schwarz-silbernen Vibrator dort drüben? Ich möchte, dass du es in deine Muschi steckst und einschaltest. Drehen Sie den Drehknopf langsam mit einem Klick. Ich möchte sehen, wie weit du gehst, wenn ich mit Samantha fertig bin. '

Verwirrt sagte Katia "OK" und ging dann zum angegebenen Gerät.

Als er es aufhob, stellte er überrascht fest, dass es schwerer war als erwartet.

Die glänzenden Streifen, die sich über die Länge des Vibrationszylinders erstreckten, bestanden aus Metall und fühlten sich kühl an.

Sie erkannte, dass das Gewicht es schwieriger machen würde, ihn in sich zu halten, wenn sie ihre Beine nicht festhielt.

Katia zuckte mit den Schultern, platzierte die weiche, abgerundete Spitze an der Öffnung ihres Geschlechts und drehte den Vibrator vorsichtig von einer Seite zur anderen, um ihn einzuführen.

Es glitt leicht in ihre Muschi, die noch feucht von ihrer Masturbationssitzung war.

Da Virginia nicht hinschaute, demonstrierte sie nicht das Einsetzen des Geräts, sondern schob es einfach mit einer sanften Bewegung über ihren Körper.

Wenn die Spitze den Gebärmutterhals berührte, wurde nur das gerändelte Einstellrad angezeigt.

Das kalte Gefühl des Metalls tief in ihrem Körper ließ sie zittern.

Katia sah Virginia an, die gerade mit Samanthas Schamlippen spielte und mit der flachen Lederspitze ihrer Peitsche leicht auf die nassen Blütenblätter ihrer inneren Lippen klopfte.

Katia sah zwischen ihren Beinen auf das glänzende schwarze Plastik, das aus ihrem Körper ragte.

Die Anweisungen von Virginia, das Zifferblatt jeweils um einen Klick zu drehen, machten sie vorsichtig und vermuteten, dass der Motor des Vibrators stärker als normal war.

Sie drehte das Zifferblatt und spürte, wie es unter ihren Fingern klickte.

Zu seiner Überraschung war kein Summen oder keine Bewegung erkennbar.

Dann spürte sie das kleine Kribbeln, das durch ihre Vagina lief und dazu führte, dass sich ihre inneren Muskeln auf dem eindringenden Objekt zusammenzogen.

Sie schnappte leise nach Luft und bemerkte, dass der 'Vibrator' überhaupt keinen Motor enthielt.

Das Gewicht, das er gefühlt hatte, war ausschließlich auf eine große Batterie zurückzuführen.

Die Metallstreifen an der Außenseite waren nicht nur Ornamente, sondern elektrische Kontakte.

Er versuchte, den Drehknopf in die andere Richtung zu drehen, um den Kitzelstrom auszuschalten, aber er rührte sich nicht.

Der Schalter wurde so konstruiert, dass er sich nur in eine Richtung dreht, es sei denn, eine verdeckte Verriegelung wurde gelöst.

Vorsichtig drehte Katia das Zifferblatt erneut.

Die Strömung nahm sofort an Stärke zu und war jetzt stark genug, um das Gefühl zu haben, dass Stifte und Nadeln sie in ihre Fotze steckten.

Als er auf das Zifferblatt schaute, weiteten sich seine Augen vor Schock.

Es gab insgesamt zehn Stopps im Quadranten, und wenn der zweite diese Empfindungen hervorrief, würden die höheren Werte einen schweren Schock erzeugen und könnten sogar das Fleisch an den Kontaktpunkten verbrennen.

Kein Wunder, dass Virginia sehen wollte, wie weit Katia gehen würde!

Aber sie war entschlossen, die Frau nicht zu enttäuschen, und drehte das Zifferblatt erneut.

Wie erwartet nahm das Stechen deutlich an Stärke zu und fühlte sich nun wie kleine Ameisenstiche an, die immer weiter gingen.

Er spürte, wie seine Stirn nass wurde und ein schmerzhaftes Pochen begann sich in seinem Unterbauch auszubreiten.

In diesem Moment kam ein lauter Schlag aus dem Raum.

Katia hob den Kopf und sah, wie Samanthas Körper zuckte, als die Ernte ihre rasierte Muschi traf.

Er hörte Virginia sagen:

»Ich überlasse Ihnen die Anzahl der Treffer. Sag mir einfach, wann du genug hast. '

Katia grub ihre Nägel in ihren Oberschenkel und drehte das Zifferblatt erneut.

Der scharfe Schmerz ließ ihn seinen Kopf zurückwerfen und die Finger beider Hände auf die Muskeln seines verletzten Gesäßes drücken.

Dieses Level war das weiteste, das sie nehmen wollte, wenn sie hier stehen und darauf warten wollte, dass Virginia Samantha verprügelt.

Virginia senkte die Peitsche erneut mit einem Ruck ihres Handgelenks und traf Samantha auf ihren beiden prallen Außenlippen.

Mehrere kreuz und quer verlaufende rote Flecken zierten jetzt Samanthas Hügel und ihre inneren Lippen schwollen an, wo die Peitsche sie getroffen hatte.

Samantha hatte ihr Knie an ihr Gesicht gehoben und ihren Oberschenkel mit grimmiger Entschlossenheit an ihre Brust gedrückt.

Er sah mit zusammengekniffenen Augen zu, wie Virginia die Peitsche für einen weiteren Schlag zurückzog.

Die Peitsche blitzte in einem verschwommenen grauen Bogen auf, bevor sie Samanthas Fleisch traf.

Diesmal hatte Virginia die Peitsche so ausgerichtet, dass nur die Spitze ihr Opfer traf, genau an der obersten Stelle ihrer Lippen landete und all ihre Kraft auf und um Samanthas Klitoris ausübte.

Samantha schrie vor Schmerz und ihr freies Bein trat gegen den Stoff der Couch, als wollte sie ihren Peiniger wegschieben.

Der stechende Schmerz der Ernte, die ihren empfindlichen Kitzler traf, war fast unerträglich.

Virginia kniete sich neben Samantha und fragte sie:

"Wie viele davon könnten Sie Ihrer Meinung nach bewältigen?"

Samantha schüttelte den Kopf und keuchte immer noch vor der Qual, die ihren Schritt füllte.

'Ich weiß nicht. Das tut richtig weh'

Böswillig sagte Virginia:

"Gib mir eine Nummer. Wenn es vernünftig ist und du währenddessen still halten kannst, höre ich auf, deine Vagina zu schlagen."

Samantha blinzelte verwirrt, als sie versuchte, die minimale Anzahl von Schlägen auf ihren Kitzler zu bestimmen, die Virginia akzeptieren würde und die sie ertragen konnte, ohne zu brechen.

'Fünf?' sagte sie hoffnungsvoll.

"Das ist ein Deal", sagte Virginia. 'Genau'.

Die Peitsche schnitt durch die Luft und traf wieder das Sexquadrat.

Samantha stöhnte und wand sich auf der Couch. Es fühlte sich an, als wäre ihr Kitzler von einem Messer geschnitten worden.

Der zweite Schlag landete wie ein Feuerstoß auf seiner Leiste.

Die Haut um ihren Kitzler wurde tiefrot und der winzige Sex-Kokon war fast doppelt so groß wie normal.

Trotz ihrer Entschlossenheit ließ Samantha ihr Bein instinktiv fallen, um ihre verletzten Genitalien zu schützen.

"Das ist falsch", tadelte Virginia. "Mal sehen, diesen entzückenden kleinen Kitzler", sagte er und winkte mit der Hand.

Mit einem schluchzenden Stöhnen hob Samantha ihren Oberschenkel hoch und legte ihre Muschi wieder vollständig frei.

Als Virginia die Peitsche schwang und mit einem Übungsschwung auf ihren Kitzler schlug, war Samantha beschämt zu spüren, wie ein kleiner Tropfen Urin aus ihrer Harnröhre austrat, als sie sich von dem beabsichtigten Schlag zurückzog.

Virginia entschied, dass Samantha eine Belohnung für ihre Stärke verdient hatte und steckte die Spitze der quadratischen Peitsche in die Öffnung von Samanthas Vagina.

"Behalte das für mich, Liebes", sagte er, als er den Schaft der Peitsche in ihre offene Fotze stieß.

Virginia ließ die Peitsche wie einen magersüchtigen Penis aus Samanthas Körper herausragen und wandte sich an Katia.

Er umarmte sie, nahm die zitternden Brüste der Blondine in seine Handflächen und spielte mit seinen Daumen an ihren Brustwarzen.

"In welcher Position bist du?" Sie fragte.

"Vier", flüsterte Katia. "Es tut wirklich weh", fügte er hinzu und legte den Kopf schief, "aber ich glaube, ich werde nass."

Als er sie wieder ansah, war ein Ausdruck der Verwirrung in seinen Augen.

Virginia küsste seine nasse Stirn.

Dann fuhr er mit der Hand über Katias Körper, bis die Spitze seines Zeigefingers die Klitoris des Mädchens berührte.

Virginia drückte fest auf die feuchte Knospe und spürte ein kleines Kribbeln an ihrem Finger, das der Rest der stechenden Strömung war, die in Katias Muschi brach.

Er packte den pochenden Kitzler mit Daumen und Finger und drückte seine Lippen gegen Katias Ohr.

„Ich möchte dich ein bisschen mehr verletzen. Darf ich?'

Katia holte tief Luft, stützte sich ab und legte ihre Hände auf Virginias Hüften, als würde sie sich auf den Tanz vorbereiten.

"Du kannst", flüsterte sie ihm zu.

Virginias Lippen drückten sich gegen ihre und sie küssten sich, Zungen verschränkten sich und tasteten.

Zur gleichen Zeit drückte Virginia fest auf den Kitzler des Mädchens, und ihre Nägel bohrten sich in das zarte Fleisch.

Er spürte ihren heißen Atem, als er vor Schmerz nach Luft schnappte, und ihr Stöhnen vibrierte in seinem Mund, als er den exquisit empfindlichen Biss weiter drückte und verdrehte.

In diesem Moment gab das Computerterminal auf dem Tisch in der Nähe einen Piepton von sich.

'Ups, es tut mir leid. Ich muss für einen Moment innehalten. Geldanrufe «, sagte Virginia.

Als er an Samantha vorbeikam, schnappte er sich die Peitsche aus ihrer fleischigen Hülle und versetzte dem erschrockenen Mädchen einen bösen Schlag auf ihren Kitzler.

"Ich möchte nicht, dass dir langweilig wird", sagte er und lachte glücklich.

Virginia bückte sich, um auf den LCD-Bildschirm zu schauen und sah die Nachricht, auf die sie gewartet hatte.

Der blinkende Cursor auf dem Bildschirm markierte die Wörter "Geben Sie Ihr gewünschtes Passwort ein, das nicht weniger als 15 Stellen umfassen darf und Buchstaben und Zahlen enthalten kann".

Er gab sein Passwort ein, das er einige Tage zuvor gewählt hatte, und drückte dann die Eingabetaste.

Der Bildschirm wurde für einen Moment leer und dann 'Herzlichen Glückwunsch. Ihr Passwort wurde akzeptiert. '

Virginia drehte sich um und klatschte entzückt in die Hände.

'Zu guter Letzt!' rief sie aus. "Alles gehört mir schon".

Er ging zurück zu Katia und gab dem Mädchen einen Kuss auf die Wange.

In seiner Freude bemerkte er nicht, dass Samantha von der Couch aufstand und in Richtung Computer starrte.

Plötzlich leuchtete eine grüne LED auf der Vorderseite des Smartphones auf, das sie auf den Tisch gelegt hatte, und Samanthas Gesicht verzog sich zu einem wolfsartigen Grinsen.

Er schob die Peitsche weg, die Virginia auf den Boden gefallen war, und rutschte zu seiner geworfenen Jacke.

Virginia griff nach Katias Brustwarzen, um sie spielerisch zu kneifen, als sie hörte, wie Samantha sich laut mit einem "Ahem!" theatralisch.

Dann sah er, wie Katias Augen sich überrascht weiteten.

KAPITEL VI

Virginia drehte sich um und schnappte nach Luft, als sie Samantha sah, die ihre Jacke wie einen Umhang um die Schultern legte und eine kleine schwarze automatische Pistole in einer Hand hielt.

'Du magst?' Fragte Samantha und winkte mit ihrer Waffe. 'Es ist ein automatischer S & W Bodyguard 380 und passt gut in eine Jackentasche, ohne eine unschöne Ausbuchtung zu verursachen. Und du kannst es nicht einmal sehen! '. Samantha schlug mit der anderen Hand auf die Waffe. "Es tut mir leid, dass ich den Hammer nicht mit einem bedrohlichen Klicken zurückspannen kann, wie sie es im Film tun, und ich habe bereits eine Kugel in die Kammer gelegt, damit ich den Hammer auch nicht zurücksetzen kann, aber ich bin sicher, dass die Damen wissen, was sie haben. was zu tun ist «, sagte er und zeigte mit seiner freien Hand nach oben.

Virginia und Katia hoben die Hände, immer noch geschockt von der plötzlichen Wendung der Ereignisse.

'Verwirrt?' Sagte Samantha. „Da keiner von Ihnen ein Kung-Fu-Experte ist, werde ich mir einen Moment Zeit nehmen, um es zu erklären. Sehen Sie das Smartphone? Es ist eigentlich ein Infrarotempfänger und ein digitales Aufnahmegerät, die mir vom Rechtsberater und Freund Ihres lieben verstorbenen Mannes gegeben wurden. ' Sie lächelte über Virginias schockierten Gesichtsausdruck. „Ja, derselbe Freund, der Ihnen die Idee gegeben hat, uns für Ihren Spaß und Ihre Spiele zu engagieren. Da er derjenige war, der den Vertrag für die Installation des drahtlosen Netzwerksystems in diesem Haus geschrieben hat, hatte er kein Problem damit, die Spezifikationen seines Verschlüsselungssystems zu erhalten und einen geeigneten Analysator zu haben, der wie ein Telefon aussieht. '

Samantha drückte ihre Hand mit einem zischenden Schmerz gegen ihre Muschi.

"Sie werden es nicht wagen, diese Waffe hier zu benutzen", sagte Virginia.

„Denkst du an deinen treuen Butler? Fragte Samantha spöttisch. „Als dein Mann dir alles überließ, sank seine Treue plötzlich. Sie verdienen Ihren Anteil, indem Sie sicherstellen, dass keiner der anderen Mitarbeiter anwesend ist, um mitzuerleben, was hier passiert. ' Sie lachte, als Virginias Schultern vor Niederlage sackten. "In einem Moment drücke ich auf die Schaltfläche" Senden "am Telefon und meine Partner erhalten Ihr verschlüsseltes Passwort und beginnen mit der Überweisung Ihres ... ich meine ... unseres Geldes für ihr neues Zuhause."

"Warum all dieses Theater?" Fragte Katia. "Von Anfang an hätten Sie diese Waffe auf Virginia richten und sie bitten können, Ihnen das Passwort zu geben."

Virginia nickte zustimmend.

"Es tut mir leid, aber ich konnte nicht", sagte Samantha kopfschüttelnd. "Wir wissen alles über den automatischen Alarm, der ausgelöst wird, wenn das falsche Passwort eingegeben wird oder wenn ein bestimmtes Notfallcodewort verwendet wird."

'Was passiert jetzt?' Sagte Katia.

Samantha schüttelte traurig den Kopf.

'Es wird einen schrecklichen Skandal geben. Die reiche perverse Frau engagiert eine Prostituierte für BDSM-Sexspiele. Die Hure widerspricht einer rauen Behandlung und zieht eine Waffe heraus. Sie kämpfen und die reiche Dame wird erschossen. Aufgrund des kleinen Kalibers der Pistole gelingt es der verletzten reichen Dame jedoch, die Waffe zu schnappen und die Hure ins Herz zu schießen, bevor sie selbst stirbt. ' Samantha berührte wieder sanft ihren geschwollenen Kitzler. „Und ich denke, du wirst die ungewöhnliche Ehre haben, in die Fotze geschossen zu werden", knurrte sie. »Spreiz deine Beine, Virginia. Ich möchte einen schönen, sauberen Schuss bekommen. '

"Was ist, wenn ich mich weigere?" Fragte Virginia und ihr Gesicht wurde blass.

Samantha zuckte beiläufig die Achseln.

„Ich habe viele Kugeln. Es macht mir nichts aus, dich zuerst in die Knie und Schultern zu schießen. '

Tränen der Angst und Hilflosigkeit liefen Virginia über das Gesicht, als sie langsam ihre Füße wegschob.

"Hey, Samantha ... könnte ich dich um einen Gefallen bitten, bevor du mich erschießt?" Katia sagte, anscheinend mit ihrem Schicksal resigniert.

'Was?'

"Könntest du das wenigstens aus meiner Muschi bekommen, bevor es passiert?" Antwortete Katia und zeigte auf den Dildo, der immer noch in ihre Muschi eingebettet war.

Samantha lachte.

"Es würde Spaß machen, wenn dein Körper das Ding noch darin finden würde, aber ... OK, du kannst es herausnehmen", sagte er großmütig.

Katia wusste, dass sie nur eine Überlebenschance haben würde.

Es würde jedoch von seiner Fähigkeit abhängen, Schmerzen zu ertragen, ohne etwas auf seinem Gesicht zu zeigen.

Er griff zwischen ihre Beine und ergriff mit einer Hand das Ende des Dildos und mit der anderen das Einstellrad.

»Lass mich das verdammte Ding zuerst ausschalten«, murmelte sie.

Katia biss die Zähne zusammen und drehte das Zifferblatt mit einer scharfen Drehung ihres Handgelenks auf '10'.

Die Strömung breitete sich über die Wände ihrer feuchten Muschi aus und verursachte kleine Verbrennungen in ihr, als sie den Dildo herauszog.

Katia hielt den Drang zum Schreien zurück, hob das undichte Foltergerät auf und warf es Samantha beiläufig zu und sagte:

"Wenn du willst, kannst du es haben."

Überrascht schlug Samantha auf das Flugobjekt.

Als seine Finger die nassen Metallkontakte berührten, tauchte ein hellvioletter Funke auf, der einen brennenden Schlag durch seine Hand und seinen Arm sandte.

Sie schrie vor der Explosion elektrischer Energie, die durch ihren Körper schoss.

Die Kraft war eigentlich zu gering, um bleibenden Schaden zu verursachen, aber sie war für eine Sekunde fassungslos, lange genug, dass Katia nach vorne springen und die Hand greifen konnte, die die Waffe hielt.

Samanthas Finger ruckte am Abzug und eine 0,390-mm-Kugel schoss an Katias Ohr vorbei.

Obwohl die Kugel keinen Schaden anrichtete, war sie von der Explosion der Kanone so nah an ihrem Kopf verblüfft.

Benommen konnte sie Samantha davon abhalten, sie erneut zu erschießen, aber sie konnte ihrem Gegner die Waffe nicht wegnehmen.

Einige Sekunden lang kämpften die beiden Mädchen, aber mit einer gezielten Drehung ihrer Arme gelang es Samantha, sich zu befreien.

Katia starrte auf das kleine schwarze Loch in der Spitze der Waffe, als sie sich mit seinem Auge ausrichtete.

Es gab ein lautes Knacken und Katia sah sich verwirrt um, als sie bemerkte, dass sie noch lebte.

Samantha fiel zu Boden und enthüllte Virginia, die die zerbrochene Laptoptasche mit beiden Händen hielt, nachdem sie das elektronische Gerät als sehr effektiven Schläger benutzt hatte.

"Mein Mann hat immer gesagt, dass Computer sehr gesundheitsschädlich sein könnten", keuchte Virginia und ließ den jetzt nutzlosen Computer auf den Kopf der bewusstlosen Samantha fallen.

KAPITEL VII

Die Polizei kam sofort nach Virginias Anruf und nahm Samantha und den verräterischen Butler mit.

Nachdem sie ihre Aussagen gemacht hatten, verließ die Polizei die beiden Frauen, um sich zu erholen, beraten von neuen Anwälten in Virginia.

Katia ließ sich mit einem Glas Brandy in der Hand auf das Sofa fallen.

'Was geschieht?' Fragte Virginia und setzte sich neben ihn.

„Nun, da mein Chef im Gefängnis war und seine Firma geschlossen war, war ich arbeitslos. Ohne Sponsor muss ich Großbritannien verlassen und nach Europa zurückkehren ", seufzte Katia.

Virginia musterte die schöne Blondine für einen Moment und lächelte dann.

»Mein Ex-Anwalt war vielleicht ein Dieb, aber er hatte eine gute Idee. Ich habe mich wirklich so amüsiert, dass Samantha beschlossen hat, das Drehbuch der Situation zu ändern. '

„Du meinst, du würdest mich einstellen? fragte Katia hoffnungsvoll.

„Ich habe immer noch viel Frust zu spielen und du hast viel mehr Spaß gemacht als Samantha. Also was denkst du? 'Virginia antwortete.

Katia war für einen Moment nachdenklich und spürte immer noch den Schmerz tief in ihrer Muschi.

Dann lächelte sie und sah sich im Raum um.

"Wo ist diese Peitsche geblieben?"

"Also wirst du bleiben?" Fragte Virginia.

"Ich wollte immer Therapeutin werden", antwortete Katia, winkte mit der Peitsche und lächelte triumphierend.

ENDE

SEX IM ÖFFENTLICHEN VERKEHR

KAPITEL 1

Die Stadt erstreckte sich auf beiden Seiten des Flusses wie ein betonierter Dschungel mit seinen Wolkenkratzern, die sich wie Finger in der Luft erheben.

Die Aussicht bot eine malerische Szene durch die großen Fenster von Julieta López 'Wohnung.

Für Julieta war es der Beginn eines weiteren Tages als erfolgreiche mexikanische Journalistin, die für die Zeitung Local News arbeitete.

Er fühlte sich gut über sein heutiges Lebensziel.

Sie war voller Zuversicht für das, was der Job bisher verlangte, und sie fühlte sich gut mit sich selbst, denn an diesem Morgen summten die Gefühle der Nacht immer noch durch ihre Empfindungen.

Die Stadt sah gut aus, dachte er, als er an frischem Kaffee nippte.

Dann ruhten Jimmy Clarksons Hände von hinten auf ihren Hüften.

Sie konnte seinen Atem an ihrem Nacken spüren, als er sie küsste und ihr dunkles Haar zur Seite scheitelte.

"Ich glaube, ich verliebe mich in dich, meine mexikanische Brünette", flüsterte er leise.

Sie schloss die Augen, kuschelte sich wieder an ihn und spürte seine Anwesenheit.

"Ich wünschte, es wäre noch Sonntag. Dann könnte ich dich den ganzen Tag haben", antwortete sie.

"Dann ruf an und sag, dass du krank bist. Sag ihnen, dass dich plötzlich eine mysteriöse und lähmende Krankheit getroffen hat und dass du den ganzen Tag im Bett bleiben musst."

Juliet stöhnte ihre Antwort.

"Ich würde das gerne tun."

Sie nahm seine Hand und legte sie auf seine Brust. Jimmy drückte sie leicht und spürte die Steifheit ihrer Brustwarze unter dem weißen Nachthemd aus Spitze.

"Ich habe es geliebt, wie du mich letzte Nacht gefickt hast."

"Das mache ich nicht mit jeder Frau, die ich treffe."

"Hmm ... also sollte ich mich glücklich schätzen?"

"Nein. Ich bin der Glückliche."

Sie drehte sich um und sah in seine braunen Augen.

Sie umarmten sich langsam und gaben einen leidenschaftlichen Kuss.

"Teile eine Dusche mit mir." Er sagte es ihr und teilte ihren Kuss für einen Moment, während er mit seinen schlanken Fingern sanft über ihr leicht dunkles Gesicht fuhr. "Mal sehen, was passieren kann."

Der Gedanke machte Jimmy noch schwerer, als er bereits mit dem süßen Duft von Sex verbunden war, der immer noch auf seinem Körper war.

Die Dinge, die er ihr wieder antun wollte und die Dinge, die er ihr nicht antun konnte, kamen ihm in den Sinn.

Sie brach den Kuss noch einmal und legte ihre Finger auf seine Lippen.

"Du liebst mich wirklich, nicht wahr?" Sie fragte.

"Wollen ist nicht stark genug, um zu beschreiben, wie ich mich gerade fühle."

***

Die meisten Menschen bewegten sich heutzutage mit dem Taxi oder den öffentlichen Verkehrsmitteln durch die Stadt.

Der Verkehr war zu stark und die Stadt immer noch zu arm, um ihren Bürgern angemessene Transporteinheiten zur Verfügung zu stellen.

Julieta hatte das Glück, eine Mitgliedschaft in einem Taxiunternehmen zu bekommen.

Die Züge und Busse waren bestenfalls zu voll.

Sehr oft waren sie selbst am helllichten Tag Schauplatz einiger der schrecklichsten Sexualverbrechen.

Das Taxi setzte sie vor dem Haupteingang des Pressebüros in einem der dreißig Gebäude an der Main Street ab.

Er hasste die Fahrt mit dem Aufzug in den fünfzehnten Stock, obwohl die Arbeiter und Besucher des Gebäudes harmlos wirkten, bestand immer die Möglichkeit, darin vergewaltigt zu werden, dem neuesten und derzeit angesagtesten Verbrechen der Stadt.

"Weißt du was? Ich beschuldige die Japaner." Kommentierte Bob Andrews und warf Juliet die Morgenausgabe über den Schreibtisch. "Seine Besessenheit von Schulmädchen und deren Missbrauch in öffentlichen Verkehrsmitteln in Tokio. Und um das Ganze abzurunden, zeichnen sie alles auf."

"Bob, ich denke das ist alles eingestellt." Sie antwortete und blätterte durch die Seiten, um den Artikel zu finden, auf den sich ihr Gespräch bezog.

"Schau ... ich glaube nicht. Hast du jemals eines dieser Videos gesehen? Der Ausdruck von purem Terror auf den Gesichtern dieser Mädchen. Ich denke, es ist echt genug."

"Nach dem, was du sagst, passiert das hier?"

"Ich habe Videos im Internet gesehen. Diese werden immer größer. Wie Schnupftabakfilme und Gonzo. Situationen im wirklichen Leben."

"Also denkst du, die Opfer wissen, wer diese Leute sind?"

"Nun, es scheint nicht. Völlig seltsam. Ich musste sogar Billy Gaylor ins Visier nehmen."

"Gaylor? Ist er noch aktiv?" Fragte Juliet mit einem Lächeln im Gesicht. "Ich habe seine Show zum Frühstück auf dem Erwachsenen-Kanal gesehen, bevor ich jeden Morgen zur High School ging."

"Hast du ihn jemals getroffen?"

"Nein. Aber ich wollte es nicht."

"Jetzt ist also deine Chance. Ich möchte, dass du eine Geschichte über den guten alten Billy erzählst."

Juliet wurde plötzlich klar, dass sie einer Aufgabe zugewiesen wurde, die ihr nicht gefallen würde.

Sie faltete die Zeitung vorsichtig zusammen, legte sie auf den Schreibtisch und beugte sich dann vor, damit sie die Hälfte ihrer Spaltung durch das Oberteil zeigen konnte, das von ein paar Knöpfen an der Bluse, die sie trug, geöffnet war.

Bob gefiel die Aussicht.

Trotz seiner klar definierten moralischen Haltung zum Sex und als Vater von drei Töchtern im Teenageralter fiel ihm erneut der Anblick eines gepflegten Tittenpaares auf, insbesondere von der noch jungen Julia.

"Du meinst, du würdest mich zu einem Interview mit Billy Gaylor schicken? Bob, ich kann dir nicht glauben."

"Schau, Julia, du bist die einzige, der ich diese Geschichte anvertrauen kann. Ich bin bereit, diese Perversen ein für alle Mal zu entlarven. Meine jüngste Tochter ist zuversichtlich, jeden Tag mit dem Bus zur Schule zu fahren. Es ist nur eine Frage der Zeit von jemandem, der dir den Weg schlägt. "

"Also, warum denkst du, ich bin ein Spezialist für diese Dinge?"

"Du bist jung und sexy genug, um zu bekommen, was ich brauche." Antwortete Bob mit einem bösen Lächeln auf seinen Lippen. "Komm schon. Du kannst das tun. Tausche Interviews mit langweiligen Filmstars und Schauspielern dafür aus. Du hast gesagt, du wolltest eine Herausforderung. Jetzt ist es soweit."

Billy Gaylor begann seine Karriere vor vielen Jahren als Fernsehpersönlichkeit.

Er war berühmt dafür, mit einem Camcorder bewaffnet auf die Straßen der Stadt zu gehen und Frauen zu ermutigen, sich vor der Kamera auszuziehen und ihre Titten und ihren Arsch zu zeigen.

Aber seine Opfer waren bereit und gaben ihre Zustimmung.

Die Bilder wurden im öffentlich zugänglichen Erwachsenenfernsehen gezeigt und wurden sehr beliebt.

Das Wachstum des Internets bedeutete einige Veränderungen und seine Popularität begann zu sinken.

Jetzt führt er den moralischen Kampf gegen diejenigen an, die Verstöße im öffentlichen Verkehr begehen und seine Bemühungen auf unregulierten Websites zeigen.

Viele Leute wie Julieta dachten, es sei ein neuer Ansatz in der Pornoindustrie.

Billy Gaylor hatte etwas anderes gemacht.

KAPITEL 2

Juliet wurde in Luxus hineingeführt, wo Billy in den Außenbezirken der Stadt lebte.

Die Zeitung hat sich gut um ihre Journalisten gekümmert, besonders wenn sie einen wichtigen Auftrag hatten.

Die Limousine hielt vor dem Haus des Millionärs und ließ es dort stehen.

"Rufen Sie uns einfach an, wenn Sie abgeholt werden möchten." Der Fahrer sagte es ihm.

Er sah zu, wie das Auto die Straße entlang und durch die elektronisch betätigten Sicherheitstore fuhr, und fragte sich, was ihn erwartete.

Ein Mann wie Billy, der über Nacht seine Moral änderte, bedeutete nur, dass er finanziell verlieren könnte.

Er betrachtete sich als eigenständigen Künstler, der jedoch an Profit glaubte.

Das Haus war weitläufig und in einem spanischen Villendesign gestaltet, das nur größer war.

Julieta beschloss, den Eingang zur Hintertür zu nehmen und fand eine Tür, die zum Hinterzimmer und zum Garten führte.

Seine Erkundungen kamen zum Stillstand, als er zwei Dobermänner zur Tür rennen sah.

Er liebte Hunde, aber nicht solche, die als schleimige Wächter ausgebildet waren.

Er schloss schnell die Tür und wartete, als er hörte, wie die Kiefer unweigerlich aus der Sicherheit auf der anderen Seite bellten und knurrten.

"Gute Hunde. Tut mir leid, Sie zu enttäuschen, aber ich habe heute keine Lust, mit mir zu Mittag zu essen."

Der Tierpfleger, ein großer, untersetzter Mann, kam herüber, um die Hunde an der Leine zu halten.

"Sollten Sie der Gast sein? Miss ... Lopez?"

"Ja. Aus lokalen Nachrichten."

Sie zeigte ihren Ausweis an ihrer Jacke.

"Ich sehe, dass die Wachen hier süß, wütend und sehr enthusiastisch sind."

"Sie machen ihren Job, Miss. Hier gibt es viele Eindringlinge."

"Nun, ich freue mich sehr, Gast zu sein."

Billy war an seinem Telefon am Pool beschäftigt.

Seine Natur hatte eine herausfordernde und durchsetzungsfähige Seite.

Er besaß Anteile an dem öffentlich zugänglichen Fernsehkanal, an dessen Verwaltung er beteiligt war, und angesichts der jüngsten Trends, die sich von seinem Produkt abwandten, wurde das Geschäft immer schwieriger.

Er war auch dreist, und obwohl sein Leben nach dem College im Mediengeschäft gut wurde, gab es immer noch Merkmale von ihm aus seiner Kindheitserziehung auf der Straße mit Projekten in den ärmeren Teilen der Stadt.

Er schaltete das Handy aus und legte auf, mit wem er sich nicht gezwungen fühlte, sein Gespräch fortzusetzen.

"Ihr verdammten Idioten! Ich bin von ihnen umgeben!"

Er sah Julia an, als wäre sie eine attraktive Frau, und untersuchte sie von Kopf bis Fuß.

Für ihn war sie zuerst Sex auf den Beinen und dann Journalistin, wenn er ihr Gesicht ansah.

Julieta lächelte und streckte ihre Hand aus, um ihn zu begrüßen.

Billy glaubte jedoch nicht daran, eine Frau so eng zu verbinden, es sei denn, dies sollte seine natürlichen Grundbedürfnisse befriedigen.

Der Charme, den er benutzte, um das zu tun, was er tat, wurde trainiert und maximal geübt.

"Also hat Bob dich geschickt? Ich habe einen Jungen erwartet. Wie gut bist du in deinem Job?"

"Mir geht es gut. Warum fragst du das?" Julieta fragte: "Weil du nicht denkst, dass Frauen die Dinge tun sollten, die ich tue?"

"Okay, lass es mich so sagen ... wenn ich dir sagen würde, dass du dich hier und jetzt ausziehen sollst, oder?"

"Sicherlich nicht." Er stand untätig in der Verteidigung. "Weil ich sollte?"

"Weil ich denke, dass du gut darin bist, schöner Mexikaner."

"Typisch. Ich hätte das von dir erwarten sollen. Tatsächlich habe ich das von dir erwartet, was denkst du?"

Billy lachte auf seine Kosten.

Wenn er nicht charmant war, war er sehr beleidigend, auch wenn es im Scherz war.

"Schau, nimm einen Stuhl und setz dich. Ich habe nur mit dir gescherzt. Das bin ich."

Er bestellte kühle Limonadengetränke, die Julieta als willkommen empfand.

Es war heiß von der Mittagssonne und sie war etwas mehr angezogen als nötig und dachte, dass sie drinnen mit Klimaanlage sein würde.

Der Pool wurde mit der Zeit immer attraktiver.

Billy erklärte seinen Standpunkt zum Thema Vergewaltigung im öffentlichen Verkehr und es schien nicht überraschend, dass er einem moralischen Einwand gegenüberstand.

"Also, wie denkst du sollte das Problem gestoppt werden?" Sie fragte. "Mehr Polizisten, bessere öffentliche Verkehrsmittel, regulierte Websites? Wie?"

"All diese Dinge natürlich. Sie sind in Ordnung."

"Aber denkst du nicht, dass alles organisiert ist? Ich meine, die Opfer beschweren sich, aber sie zeigen niemanden. Ich persönlich denke, sie werden im Voraus bezahlt und sie stimmen dem zu."

"Also denkst du, alles ist organisiert?" Billy antwortete.

"Ja, das tue ich. Sie beschweren sich, weil es Werbung ist. Wir sehen das Opfer in den Nachrichten und am nächsten Abend kann jeder bezahlen, um alles auf den Websites zu sehen."

"Ja, okay, ich verstehe, aber diese Leute werden nicht bezahlt, glauben Sie mir. Sie werden manchmal praktisch öffentlich mit vielen Zeugen vergewaltigt. Dann müssen sie die Demütigung all dessen in Wiederholungsstunden durchmachen. . Dann."

"Aber das sind ... viele Zeugen. Als ob Leute eingeladen wären, ein Teil davon zu sein."

"Hast du jemals von den Worten Angst und Einschüchterung gehört?"

"Es ist nicht möglich." Juliet lachte über die Idee.

"Gut, gut ... ich werde meine persönliche Sicherheit auf den Tisch legen. Ich weiß, wer dahinter steckt. Ich weiß, wie sie das alles bedienen."

"Schlagen Sie Kreise des organisierten Verbrechens vor, Billy?"

"Ja, genau. Aber ich denke, du musst ein Opfer sein, um das zu verstehen."

"Wie werde ich ein Opfer?" Julieta fragte: "Ich benutze keine Busse oder Züge."

"Dann benutze sie und werde ein mögliches Opfer. Aufmuntern. Schau, ich werde einen Deal mit dir und der Polizei machen. Tu das und ich werde dir alles erzählen, was ich weiß."

Juliet fand den Vorschlag verrückt.

Aber dann dachte er, dass es seine Vorteile hatte.

Sie könnte natürlich da sein, wenn es passiert ist.

Es war gefährlich, aber es würde helfen, es auf die eine oder andere Weise zu beenden.

Erinnern Sie sich schließlich an die Geschichte, wie ein ganzes Team, das einen Schnupftabakfilm macht, von einem Journalisten entdeckt wurde, der vor einigen Jahren in einer anderen Stadt dasselbe tat.

Das Risiko, ihr Leben zu verlieren, war in diesem Fall viel geringer, aber sie müsste dabei vergewaltigt werden.

Welche gesunde Frau würde das tun?

* * *

An diesem Nachmittag dachte Julia viel darüber nach.

Vergewaltigung war etwas, von dem sie befürchtete, dass es ihr passieren könnte, es sei denn, sie wusste, was sie vielleicht erwarten würde.

Sie analysierte es und ging Szenarien durch ihren Kopf.

Die Vergewaltigung war in erster Linie ein Überraschungsangriff.

Die Angst könnte ein wenig verringert werden, wenn Sie darauf warten.

Jetzt wandte er sich an Jimmy Clarkson und vielleicht an seine Hilfe.

KAPITEL 3

Im Laufe der Tage stimmte sie Bob zu, in den nächsten Wochen ein exklusives Produkt zu kreieren.

Es war Zeit, sich auf das Ganze vorzubereiten.

Nachdem sie ihren Mut zusammengetragen hatte, rief sie eines Nachts von zu Hause aus Jimmy Clarkson an.

"Hallo, ich bin Jimmy, der ..."

Sie vertraute dieser Stimme und dem Mann, dem sie gehörte.

Das Geräusch von ihm ließ sie sterben, um ihm nahe zu sein und ihn neben sich zu fühlen.

Es war einige Zeit her, seit sie Sex hatte und das letzte Mal war mit ihm.

"Hi, ich bin Julia ... erinnerst du dich an mich?"

"Erinnere ich mich an dich? Das ist ja eine Untertreibung, wenn ich jemals eine gehört habe. Natürlich erinnere ich mich an dich, Baby, wie könnte ich dich vergessen. Du bist immer in meinen Gedanken, ich kann dich nicht rausholen."

Ihn sagen zu hören, dass sie sich dadurch gut fühlte, war etwas Besonderes.

"Ich hoffe, du sagst das nicht nur, indem du sagst", antwortete sie.

"Ehrlich gesagt habe ich darauf gewartet, dass du mich anrufst. Ich brauche dich wieder. Und ich weiß, dass du mich genauso brauchst wie ich. Also Baby ... wann werden wir uns treffen?"

"Nun, ich brauche deine Hilfe bei etwas."

"Du weißt, ich werde dir bei allem helfen ... sag einfach, was du brauchst."

Julieta lachte über die Dinge, die ihr durch den Kopf gingen.

"Ich möchte, dass du mir hilfst zu kommen."

Sie hörte ihn lachen, aber es war nicht wirklich das, was sie hören wollte.

Seine Reaktion war natürlich von jemandem, der dachte, er liebte dich.

Es war ungewöhnlich, etwas Außergewöhnliches zu fragen.

"Schatz. Habe ich dich richtig gehört?"

"Ja. Aber es spielt keine Rolle. Vergiss was ich gesagt habe, seit ich dumm war. Ich war dumm."

"Nein. Es ist nicht dumm. Hör mir zu ...."

"Jimmy war nur ..."

"Ich verstehe, was Sie sagen. Sie vergessen, was ich beruflich mache. Ich bin Psychologe, denken Sie daran, und wenn dies eine Ihrer Fantasien ist, sollten wir das vielleicht herausfinden."

"Es ist eigentlich mehr als eine Fantasie ... ich möchte vergewaltigt werden."

Sie fragte sich jetzt, wie es für sie geklungen haben musste.

Was muss er von ihr denken?

Er riskierte, die Gründe zu erklären, die alles gefährden könnten, was sie plante, was an sich immer noch skandalös war.

"Was wäre, wenn ich sagen würde, dass ich dazu bereit wäre? Julia, hast du verstanden, was ich dir gerade gesagt habe?"

"Ja, das habe ich. Würdest du mich vergewaltigen? Aber warum?"

Seine Gedanken waren jetzt verwirrt.

Seine Zustimmung dazu schien ihm jetzt lächerlich.

Die vorsätzliche Vergewaltigung durch Jimmy wurde plötzlich zu einer unangenehmen Sache.

"Weil du mich gefragt hast ... es ist etwas, was du willst ... richtig?"

"Ja, natürlich tut es mir leid, Jimmy. Ich habe nur anders darüber nachgedacht, das ist alles."

"Ist sexuelles Rollenspiel das, wonach Sie suchen? Wenn ja, nehme ich es an", fragte er.

"Ich kann die Gründe nicht erklären. Ich möchte nur wissen, wie es ist."

"Julia, ich verstehe."

KAPITEL 4

Irgendwo auf der anderen Seite der Stadt stand auf der Uhr an der U-Bahnstation 11:35.

Drei Personen gingen in schwarzen Ordnungsmänteln in einer geordneten Reihe die Rolltreppe hinauf.

Sie waren im Schatten, aber eine war wegen ihrer ausgestellten, verblassten blonden Haare unverkennbar eine Frau.

Sie standen auf dem Bahnsteig der leeren Station und warteten.

Das Kreischen eines sich nähernden Zuges war im dunklen Tunnel zu hören und wurde lauter, als er sich näherte.

Alle drei schauten in Richtung des Zuges, als er aus der Dunkelheit in den Bahnhof einfuhr.

Die Räder halten an und die Türen schwingen auf.

Der Zug war praktisch leer, als die drei zusammen in den Zug stiegen.

Die Türen schlossen sich und der Zug begann in den dunklen Tunnel zurückzukehren.

Der größte der drei schaute über das Abteil und sah vier Personen, die gleichmäßig voneinander entfernt saßen.

Ein Säufer, der in seiner Betäubung schläft.

Zwei Teenager, beide Männer, standen von ihren Sitzen auf und gingen zum nächsten angrenzenden Wagen.

Das letzte war ein Mädchen in den Zwanzigern.

Cindy Parker zuckte zusammen, als die drei sie direkt ansahen.

Er wusste, dass sie etwas Seltsames an sich hatten, und vielleicht hätte er den beiden jungen Männern folgen sollen, die es eilig hatten.

Sie versuchte nicht zu bemerken, dass sie gesehen hatte, wie sie sie ansahen.

Vielleicht waren es nur drei harmlose Menschen, die bemerkt werden wollten.

Einer von ihnen ging auf sie zu.

Ihr Herz begann zu rasen, ihre Brüste hoben sich mit dem tief ausgeschnittenen Kleid, das sie trug, und sie packte den Mantel fest.

Es war Zeit zu gehen.

Ohne weiteres Zögern sprang Cindy auf und rannte zum angrenzenden Abteil.

Zu spät.

Es wurde von einem der drei gewonnen, der sie um die Taille packte und ihren Mund mit seiner anderen freien Hand bedeckte.

Schreien war nutzlos.

Der schwarze Lederhandschuh bedeckte ihren Mund fest und ihre Finger spannten ihre Nase auf eine Weise an, die ihre Atmung kontrollierte.

Je mehr er kämpfte, desto mehr kniff er.

"Wir werden dich nicht verletzen", sagte er zu ihr.

Seine Stimme war gemäßigt und ruhig, als ob dies alles Routine wäre, sogar klinisch.

Die anderen beiden näherten sich und der zweite große Mann stand vor ihr.

Sie versuchte ihn zu treten, aber sein Griff um ihre Beine war so stark, dass alles nutzlos wurde.

Für Cindy war klar, dass dies enden würde, sobald es anfing.

Er wurde Opfer von Vergewaltigungen im öffentlichen Verkehr.

Der Mann vor ihr lächelte sie an, sein Gesicht nicht das von jemandem, der das konnte, dachte sie.

Sie öffnete ihren Mantel und riss ihr Kleid von oben bis unten auf, so dass es auseinander fiel und ihre Unterwäsche freilegte.

Cindys Augen schauten zur Seite und sie sah das Mädchen auf einem der Sitze stehen, eine Mini-Videokamera in der Hand, die sich auf das konzentrierte, was geschah.

Es war eine kranke Sache, aber das war seine Entscheidung gewesen.

Er war gewarnt worden, dass dies passieren könnte, und er ignorierte es.

Sie ergriff eine Chance.

Sie legten sie auf den Boden des Abteils und der große Mann bewegte seine Hände über ihre festen Brüste, bevor er nach einem Messer griff und den BH zwischen ihre Brüste schnitt.

Die Baumwollspitze teilte sich und legte ihre Brustwarzen frei.

Ihre Brustwarzen waren nicht vor Erregung, sondern vor Angst ausgestreckt.

Er bewegte das Messer bis zum Bund ihrer Strumpfhose und hob es mit seinem Finger über ihre Haut, als er es schnitt. Es schnitt gerade genug, um das Gummiband zu brechen und eine Träne zu erzeugen.

Das Mädchen drehte weiter.

Er konzentrierte sich ständig auf die Handlung und dann auf Cindys Gesicht.

Hände berührten ihre Brustwarzen und dann das Büschel dunkler Schamhaare.

"Das ist richtig, Baby ... ich muss viel Angst in deinen hübschen grauen Augen sehen." Sie bestellte.

Der Mann, der sie umarmte, lachte und ließ ihr Gesicht los.

"Bastarde!" Schrie Cindy.

Er nahm ihre Beine an den Schienbeinen und hob sie zu sich, so dass sie sich verzog und ihre Knöchel über seinen Kopf zu beiden Seiten schwebten.

"Sie werden damit nicht durchkommen!"

"Entschuldigung, aber ich denke wir werden es trotzdem tun."

Der große Mann antwortete, öffnete seine Hose und nahm seinen langen, harten Schwanz in die Hand.

"Wir wissen wer du bist. Wir wissen alles über dich."

"Was zum Teufel sagst du", antwortete Cindy. "Du weißt überhaupt nichts."

Schnell zog das andere Mädchen ein Foto aus der Tasche und winkte es vor Cindys Gesicht.

Die Angst in ihr verstärkte sich augenblicklich, als sie das Bild des kleinen Johnny, ihres Neffen, sah.

Sie schrie laut auf und betete fast, dass alles enden würde, wenn der Mann für eine Ewigkeit in ihr Geschlecht eindrang.

Aber die Vergewaltigung war in wenigen Minuten vorbei.

Sie hatten zwischen zwei Bahnhöfen gehandelt und am nächsten den Zug verlassen.

Jeder Moment der Handlung wurde zur Freude der Voyeure festgehalten, als sie später an diesem Tag online gestellt wurde.

KAPITEL 5

"Cindy, warum kannst du uns nichts sagen?" Fragte Julieta und lehnte sich neben das Opfer, als sie nach stundenlangen Interviews mit der Polizei, die immer noch die Kleidung trug, die sie nach der Vergewaltigung im Hauptquartier der Stadtpolizei gegeben hatte, benommen saß. "Haben sie dich wirklich schlecht bedroht? Cindy, du kannst mir vertrauen. Ich werde nichts sagen."

"Ja du wirst." Cindy drehte sich um und sah Juliet direkt ins Gesicht. "Du bist ein Reporter."

"Nein. Ich gebe Ihnen mein Wort dazu. Ich muss es nur für meine eigenen Ermittlungen wissen. Vertrauen Sie mir."

"Ich denke du hast schon genug Fragen gestellt." Ein stämmiger Polizist griff ein.

Julieta lächelte und akzeptierte, dass dies alles war, was sie diesmal erreichen würde.

Er dankte beiden für ihre Zeit und umarmte Cindy, bevor er ging.

"Wenn Sie sprechen müssen, kontaktieren Sie mich bitte. Jederzeit."

***

Der Morgen würde sich als ein weiterer super heißer und klebriger Tag herausstellen, als die Sonne zwischen den höchsten Gebäuden hoch am Himmel aufging.

Julieta verließ das Polizeipräsidium und ging zu einer belebten Straße, auf der sich ein Taxi befand.

Sie war nun entschlossen, sich über dieses Thema zu informieren, und entschied sich.

Nichts würde ihm im Weg stehen.

***

"Ich möchte nur sicher sein, dass wir die Ersten sein werden, die diese Geschichte lösen." Erklärte Bob leidenschaftlich. "Es ist was wir brauchen. Ich kann es jetzt sehen. Auf der ersten Seite ..."

"Bob, weißt du, wie gefährlich das für mich ist?" Julia unterbrach ihn.

Sie stand mit verschränkten Armen an einem Aktenschrank in ihrem Büro und sah in ihrem Gesichtsausdruck bereits gestresst aus.

"Ja, ich bin entschlossen und ja, ich werde dies innerhalb der Zeit liefern, die ich Ihnen gesagt habe. Aber ich brauche die Hilfe der Polizei."

"Okay, ich versuche es immer noch. Sie geben gerade ihr Bestes. Ich habe erklärt, was unser Plan ist und ich weiß, dass Billy Gaylor dasselbe getan hat ..."

"Aber?"

"Aber sie denken nicht, dass wir teilnehmen sollten. Noch nicht. Außerdem hast du mir nie gesagt, was dein Plan wirklich ist."

"Billy kennt meinen Plan. Er hat mir fast alles vorgeschlagen." Er fand eine offene Schachtel Pralinen im Schrank und beschloss, sich einer von ihnen zu helfen. "Bob ... ich dachte du wärst auf Diät"

Er lächelte zurück und wusste genau, dass eine Diät nur gedacht und nicht durchgeführt werden konnte.

KAPITEL 6

In dieser Nacht in Julias Wohnung wurde Jimmy noch einmal eingeladen.

Sie hatte das Abendessen vorbereitet und sich bemüht, es so romantisch wie möglich zu gestalten.

Wein, Kerzenlicht und leise Musik.

Und es war nicht überraschend, dass Jimmy sehr glücklich war, wieder in seiner Firma zu sein.

Sie hatten noch nicht abgeschlossene Geschäfte, und jetzt gab es noch etwas zu besprechen, das Julia wichtiger erschien.

Sie saßen am Tisch und Jimmy bemerkte, dass er mehr mit seinem Essen spielte als er aß.

"Es stört dich, nicht wahr? Dieses Ding von dir?" Ich frage.

Sie sah ihn an, nahm seine Hand und lächelte.

"Ich denke, ich kann sehen, wohin du willst ... zumindest denke ich, dass ich es kann. Mehr als eine Fantasie." Sie hörte ihm zu und wusste, dass sie ihm nicht zu viel erzählen konnte. "Du bist mir wichtig."

"Ich weiß, dass du es tust. Und ..."

"Nein, Juliet. Ich denke viel an dich. Ich werde natürlich tun, was du von mir verlangst, aber das ist mehr als nur ein Rollenspiel, mehr als nur Spaß zwischen dir und mir. Warum brauchst du die Erfahrung, um so real zu sein? Warum sollte es so sein, wie du es sagst? Es ist, als würdest du etwas üben ... nein, nein ... Es ist, als würdest du auf etwas warten. "

"Du hast zugestimmt, mir zu helfen, Jimmy."

Sie fuhr mit den Fingern über sein Gesicht.

Es war wie Weichkäse in seinen Händen.

Es gab nichts auf der Welt, was er nicht für sie tun würde.

"Ok. Ich werde dich überraschen. Du erwartest, dass es passieren wird, aber wann und wo du es nicht weißt. Ich werde genau das tun, worum du mich gebeten hast. Aber jetzt brauche ich dich auf eine andere Art und Weise."

Ihre Lippen trafen sich zu einem leidenschaftlichen Kuss.

Sie hatte Jimmy in ihr Zimmer gebracht und sie saßen umarmt für einen süßen Moment zusammen.

Dieser Moment wurde bald immer aufregender, als sie fühlten, wie ihre Gefühle durch ihre Empfindungen wild wurden.

Er konnte sie fast wieder schmecken.

Sie konnte ihn in sich fühlen und ihr Vergnügen bereiten.

Ohne ein Wort miteinander zu sagen, zogen sie sich aus.

Vor sich selbst ausziehen, sich dabei amüsieren.

Julieta legte sich zurück auf das Bett, als Jimmy sich über sie bewegte und sie festhielt, als sie einander in die Augen schauten.

Sie lecken sanft ihre Lippen und ihren Mund und verwandeln sich wieder in leidenschaftliche Küsse.

Tief und bedeutungsvoll.

Er war schon hart und sie war nass, ihr Verlangen nach einander schien das einzige zu sein, was jetzt zählte.

Das unvollendete Geschäft könnte vom letzten Mal an fortgesetzt werden.

Er wollte ihr so viel zeigen und so viel, dass sie bereit war, von ihm zu lernen.

Jimmy hielt seine Männlichkeit zwischen zwei Fingern und erlaubte Juliet, die Spitze sanft zu küssen und ihn dann nach dem Kuss zu küssen, während er ihr Haar streichelte.

Sie nahm seine Eier mit einer Hand und knetete sie empfindlich, wodurch sein Mitglied höher stieg, sodass er ihre Hände entfernte, damit sie die Kontrolle übernehmen konnte.

Sobald sie es hatte, begann sie langsam zu saugen und hörte ihr Stöhnen, als sie weiter saugte.

"Ja ... ich möchte, dass du nicht aufhörst, bis du mich in deinen Mund spritzen lässt, Juliet. Wie die letzte wundervolle Zeit."

Und daran erinnerte er sich noch, und diesmal würde er wissen, wie er etwas länger warten sollte, um mehr Zeit mit seiner Zunge und seinen Lippen auf seinem dicken und harten Glied zu genießen.

Sie war jetzt schneller und tiefer, passte sich seiner Länge und seinem Umfang an und pumpte ihn unaufhörlich, sodass er das Gefühl hatte, sein Orgasmus würde seinen Höhepunkt erreichen.

Das Schaudern jedes Muskels in ihrem Körper sagte ihr, was passieren würde.

Und wie ein ausbrechender Vulkan begann er, sein heißes Sperma in ihren Hals zu werfen und schoss Schuss für Schuss von seinem heißen, cremigen Sperma ab.

Sie wusste bereits, dass sein Geschmack gleichzeitig süß und salzig war.

Zuerst fand sie es etwas unangenehm, gewöhnte sich aber nach mehrmaligem Schlucken daran.

Sie verschlang jeden Tropfen, den sie in den Hals warf, und leckte, was auf ihren Lippen übrig war, ohne einen Tropfen zu hinterlassen, ließ aber etwas auf ihrer Zunge.

Sie sah ihn an und ließ ihre Zunge auf seine treffen, damit sie die übrig gebliebene Milch zwischen ihnen austauschen konnten.

Er genoss es oft, sich beim Liebesspiel zu amüsieren und Küsse mit Spermageschmack mit ihr zu teilen, während seine Finger an ihrer Brustwarze zerrten, sie quälten und sie noch feuchter machten, als sie es bereits war.

Jetzt, wo sie völlig nass war, setzte Jimmy sie auf das Bett und spreizte ihre Schenkel weit, aber in einer bequemen Position.

Ihre Schamlippen glänzten vor Feuchtigkeit, als sie sie mit ihren Fingern spreizte.

Der Geruch von ihr füllte seine Nasenlöcher süßer als er es sich vorgestellt hatte.

Langsam leckte er seine Zunge um ihre äußeren Lippen, hörte sie nach Luft schnappen und stöhnen, und dann saugte er nacheinander ihre inneren Lippen in seinen Mund und genoss sie.

Für Jimmy war Julia die süßeste, die er je probiert hatte.

Er schien ein Kenner vieler Frauen in seinem Leben zu sein, und jetzt hatte er eine gefunden, in die er sich langsam verliebte.

Ihre zarten rosa Lippen waren einzigartig für ihn, nicht zu groß und nicht zu klein.

Er dachte an die nahezu perfekte Natur seiner weiblichen Blume.

Seine Finger teilten ihre Lippen, als er mit seiner Zunge über ihre Vagina fuhr, breit und einladend und dann um ihren Kitzler mit Kapuze, spielte mit ihr, bis sie nach mehr und mehr schrie.

Er schob einen Finger und dann einen anderen in sie und drückte sanft auf ihre empfindlichste Stelle, bis sie sich ihm mit einem kleinen Strom warmer klarer Milch hingab.

Julieta wollte, dass ihre Beziehung funktioniert.

Jetzt wusste sie, dass Jimmy der Mann für sie war.

Er war freundlich und sanftmütig, gutaussehend und sehr intelligent.

Zusammen machten sie die richtige Symphonie.

Aber sie war besorgt um ihn und die Vereinbarung, die sie getroffen hatten.

***

Sie nahm einen Schluck von ihrer Frühstückstasse Kaffee, lange nachdem er morgens weg war.

Juliet würde den Tag für sich haben und tun, was sie wollte.

Es war ihr auch egal, dass er irgendwo auf sie wartete, herumstreifte und darauf wartete, zu springen.

Jimmy war agil und konnte tun, was er wollte, sobald er sich entschieden hatte.

***

Von der Spitze des Wohnblocks aus betrachtete er die Stadtlandschaft und den Fluss, der die Metropole in zwei Teile teilte.

Mit verschränkten Armen in einem Gewürz tiefer Meditation wurde ihr plötzlich etwas klar: Julia wollte sich den Vergewaltigern der Menschen aussetzen, die gingen mit öffentlichen Verkehrsmittelndas musste es sein.

Und dieser Gedanke machte ihn wütend zu glauben, dass sein Job es ihm erlaubte, dies zu tun und sein Leben in eine solche Gefahr zu bringen.

Es wurde beschlossen.

Er würde einbrechen, während sie duschte, um den Deal auszuführen, den sie gemacht hatten.

Ich konnte nicht mehr warten.

Jimmy rannte die Treppe zu seiner Wohnung hinunter.

Dort angekommen stand er vor der Tür, wartete eine Weile und hielt den Atem an, bevor er wiederholt klingelte.

***

Juliet stand in ihrem Nachthemd vor ihm

"Jimmy? Was ist los mit dir?"

Er sah sie an, ohne etwas zu sagen.

Seine Augen scheinen direkt in sie einzudringen wie die eines wilden Mannes.

Aber dann wurde ihm klar, was er tat und er sah sofort die lustige Seite davon.

"Jimmy, es ist zu früh." Sie lachte. "Und du sollst einbrechen ... wenn du das so geplant hast."

Jimmys Gedanken waren wild.

Warum nicht jetzt?

Schau sie dir an, dachte er.

Sie akzeptierte es nicht.

Akzeptieren die Opfer das leicht?

Nicht.

Aber er war jetzt nicht da, um seinen Plan auszuführen, er war da, um sie zu konfrontieren, warum sie wollte, dass er das tat.

Und wofür.

Sein Geist war verwirrt und voller Zweifel.

Gott, sie sah so schön aus.

Warum sie nicht vergewaltigen?

Nimm sie mit Gewalt, während sie verletzlich war.

Plötzlich schob er sie hinein und schloss die Tür hinter sich.

"Jimmy! Nein, warte eine Minute."

Es wurde nicht mehr gewartet oder darüber gesprochen.

Darum bat sie und warum konnte er sich diese Freiheiten nicht am meisten nehmen?

Sein Geist war voller Fragen, die er allein nicht beantworten konnte.

Er drückte sie erneut, diesmal härter, bis sie rückwärts auf die Couch fiel.

Mit einem Ruck riss er ihr Nachthemd komplett auf.

"Jimmy bitte ... warte. Ich glaube das nicht ..."

Juliet war nackt und breitete zur Verteidigung die Arme aus.

Sie bat ihn aufzuhören, aber Jimmy packte sie und drehte sie so, dass er ihre Haare in seine Hand gewickelt hatte.

Jedes Mal, wenn sie sich befreien wollte, drückte er schmerzhafter.

"Wolltest du das? Ist es? Ist es?"

Schrie er und riss seinen Kopf zurück.

"Nein, warte ... bitte Jimmy."

Tränen flossen ihr in die Augen, als er sie quälte.

Jimmy fuhr mit seiner Hand über ihr Gesäß, ließ seinen Finger in ihr Geschlecht gleiten und spürte die Nässe bei ihrer Öffnung.

Er entschied sich und schob seinen harten Schwanz hart in sie hinein.

Sie hatte es noch nie so gefühlt und konnte sich auch nicht vorstellen, dass es so unhöflich sein könnte.

"Nimm es Schlampe!"

Jeder Stoß wurde mit einer Verletzung geliefert, als er seine Worte immer wieder wiederholte.

Nach einer Weile gab Juliet den Widerstand auf.

Sie hatte darum gebeten und irgendwie war es das, was er tat.

Sie wollte fühlen, wie es war, auf die brutalste Art und Weise vergewaltigt zu werden, und jetzt wusste sie es.

Nachdem sie spürte, wie er in sie eindrang, wurde Jimmy klar, was er getan hatte.

Eine Welle des Bedauerns überkam ihn, als er einen Schritt zurücktrat und weinend auf die Knie fiel.

Und für Julia war es immer noch vorbei und auch sie weinte vor Erleichterung und Schuldgefühlen.

Nach einer Weile setzte sie sich auf und nahm ihn in die Arme, um ihn zu trösten.

"Okay ... ich verstehe ... fühle dich nicht schlecht ... fühle dich nicht schlecht ..."

KAPITEL 7

Jimmy setzte sich auf und nahm einen Schluck von seinem Brandyglas, fühlte sich innerlich immer noch schrecklich.

Julieta hockte auf dem Stuhl und erlebte die Gefühle dieses Morgens.

"Ich dachte, es würde Spaß machen." er sagte. "Ich habe mich geirrt."

"Es macht keinen Spaß so etwas. Du hast getan, was ich wollte", sagte sie zu ihm.

"Wie kannst du dich das machen lassen?"

"Es ist etwas, was ich tun muss. Es ist die Art von Person, die ich bin. Es ist wie Rache für alle Frauen, die in dieser Stadt vergewaltigt wurden."

Er erklärte alle Gefühle, die ihn an diesem Morgen auf den Kopf trafen.

Wie er verrückt wurde vor Wut, die so wütend und verwirrt war, dass alles möglich wurde, was er getan hatte.

"Wenn dich jemand so haben wollte, musste ich es sein."

Julieta sah ihn an und entzifferte irgendwie, was er ihr gesagt und klar verstanden hatte.

Er kämpfte für das, was er wusste, und niemand sonst hatte das Recht, es zu haben.

"Jimmy ... ich liebe dich"

KAPITEL 8

Gabrielle setzte sich auf den Hocker und spielte das Kameraband für sich ab.

Ihre Beine spreizten sich weit, als sie sich aufsetzte und Gary erlaubte, ihren Rock über das Höschenlose Schauspiel vor ihm zu spähen, als er sich vor ihr bewegte.

Sie streichelte sein blondes Haar, als sie über die Wiederholung des Bandes lachte und ihn dann ansah.

"Das ist so verdammt gut", sagte sie zu ihm.

"Das Beste, was wir bisher gemacht haben. Viel emotionaler Stress." Gary antwortete.

"Schade, dass wir nicht weiter gehen können. Ich würde gerne zum nächsten Level gehen."

"Auf keinen Fall. Das ist nicht unser Weg. Wir müssen das Leben respektieren."

"Wer sagt das? Wir könnten machen was wir wollten."

Dannys große Gestalt betrat den Raum.

Er hatte das Gespräch mitgehört und beschlossen, hereinzukommen, um Gary an seinem Pferdeschwanz zu packen und ein Messer an seine Kehle zu halten.

"Mach weiter. Nimm das auf!"

"Nicht!" Gary war sofort von Angst geplagt.

Gabrielle setzte sich auf und nahm es ruhig und lächelte Danny an.

"Komm schon! Schau ob es mich interessiert."

"Gabrielle, verdammt!" Schrie Gary.

Danny brachte die Klinge noch näher an ihre Haut und schnitt sie so, dass sie von einem kleinen Kratzer blutete.

"Oh Scheiße! ... nein bitte Danny ... verdammt, tu das nicht!"

"Von Mord ist keine Rede mehr, ist das klar? Beides?" Danny spuckte seine Wut aus. "Wir machen das für Geld und in deinem Fall für eine Schlampe ... zum Vergnügen."

***

Gabrielle war grausam in sich.

Sie war sehr böse in ihren tiefsten Wünschen.

Sie hatte eine unheimliche Schönheit, mit der sie Männer und Frauen in ihre Fänge ziehen konnte, und das Endergebnis wäre nichts weniger als Schmerz und Leid für ihre Opfer.

Gary war ein Weichei.

Wenn es zu heiß wurde, war er ein natürlicher Feigling.

Ohne Danny und Gabrielle wäre er für die Sache, an der sie beteiligt waren, nutzlos.

Danny war jedoch ein Anführer.

Er war nur durch Geld motiviert, also würde er alles tun.

Und er war denen treu, die ihn gut bezahlt hatten.

Er schob das Messer zurück in seinen Stiefel und warf Gary zu Boden.

"Denken Sie daran, wer dieses Geschäft führt. Machen Sie es nicht kaputt."

Gabrielle starrte ihren Anführer mit ihren durchdringenden hellblauen Augen an, ein Lächeln immer noch auf ihren Lippen, während Gary auf dem Boden lag und seinen Hals mit beiden Händen hielt, um die nur oberflächliche Blutung zu stoppen.

"Also wann werden wir wissen, wie viel das alles wert ist?" Sie fragte.

"Bald. Ich habe dir schon früher von dem Deal erzählt, den wir haben. Du musst mir vertrauen, obwohl ich weiß, dass du es nicht tust."

"Es dauert zu lange." Sie antwortete. "Ich brauche die Verlockung der Belohnung."

"Du wirst zu Recht belohnt, mein hübscher Engel." Sagte Danny lächelnd.

"Ich blute! Ich werde sterben! Jemand hilft mir hier!" Gary schrie vor Selbstmitleid.

KAPITEL 9

Billy Gaylor hatte einen Besucher in seinem Haus.

Detective James Stevens stand neben den beiden anderen Polizisten in Zivil, die zur Firma gekommen waren.

Stevens wurde nun ein fast vertrauter Gast mit seinen regelmäßigen Besuchen in Gaylor.

Die drei waren in Stevens 'Pool in der Nähe ihres Gastgebers, der auf einer Liege ein Sonnenbad nahm.

Stevens sprach fast flüsternd mit ihm.

"Sie haben vor, damit aufzuhören, nicht wahr?" er hat gefragt.

"Ich weiß nicht, wovon zum Teufel du redest."

"Ich denke schon. Ich habe ein Flüstern gehört. Es könnte die Dinge für dich unangenehm machen. Du kannst mit diesem dummen Spiel nicht durchkommen. Du kennst die Situation."

"Stevens, ich habe genug. Ihr werdet nicht mehr aus mir herausholen."

Er setzte sich auf und sprach fast Nase an Nase mit Stevens.

"Nachdem ich dir fünfzigtausend Dollar bezahlt hatte, hast du versprochen, dass diese Vergewaltigungen aufhören würden. Ich kann dir nicht mehr vertrauen."

"Wir versuchen es. Sie wissen, wie es ist. Es ist eine geschäftige Stadt. Noch fünfzig und vielleicht könnten wir uns mehr anstrengen."

"Fick dich Stevens! Ich kenne dein Spiel."

"Sie haben keinen Beweis. Wie ich schon sagte, ich kann es gegen Sie wenden, wann immer ich will." Stevens lächelte. "Komm schon Billy, seien wir ehrlich, du bist fertig."

"Scheiße! Ich werde nicht so leicht fallen."

Stevens 'zwei Gefährten konnten nur leises Flüstern hören, aber sie waren tief in Stevens' Pläne verwickelt.

Er rief sie an.

"Okay, zeigen Sie unserem Freund Mr. Gaylor, was wir tun können."

Sie nahmen beide Gaylor, einen an jedem Arm, und hoben ihn vom Wagen auf die Füße.

Er versuchte sich zu befreien, wurde aber sofort mit dem Kopf voran in den Pool geworfen.

"Du wirst damit verdammt noch mal nicht durchkommen!" Gaylor kam an die Oberfläche und schrie sie an.

Stevens richtete eine Waffe in seiner Hand auf Gaylors persönlichen Leibwächter, der aus dem Haus rannte, um seinem Arbeitgeber zu helfen, und ihn auf seinem Weg stoppte.

Die drei lachten und waren sichtlich stolz und zufrieden mit dem, was sie dem Millionär für sich angetan hatten.

"Morgen um diese Zeit fünfzigtausend, Billy. Vergiss unsere Arrangements nicht."

KAPITEL 10

Juliet durchsuchte den ganzen Tag die dicht besiedelten westlichen Vororte, bis sie herausfand, wen sie suchte.

Das Haus von Cindy Parker befand sich mitten in einer heruntergekommenen Entwicklung.

Es war schwer vorstellbar, wie viel Armut unter arbeitslosen Bürgern herrschte, bis sie Sie ins Gesicht traf.

Verlassene ausgebrannte Fahrzeuge, die von Muggern und Autodieben gestohlen wurden, die die Gelegenheit sahen, etwas Geld und nicht gesammelten Müll zu bekommen, der auf leeren Grundstücken zwischen den Fertighäusern deponiert wurde.

Prostitution war für einige der jungen Frauen ein Existenzmittel und wurde nicht von den Behörden kontrolliert.

Er war überrascht, von der großen Anzahl von Teenagern im schulpflichtigen Alter zu erfahren, die hofften, ein Geschäft auf die Straße zu bringen.

Cindy war jedoch nicht diese Art von Mädchen.

Er lebte bei seiner Mutter und studierte tagsüber am Community College, um seine Ausbildung fortzusetzen.

***

Als Julieta sie auf der Allee einholte, tat Cindy ihr Bestes, um ihr auszuweichen, aber Julieta war überzeugend.

"Cindy, ich muss mit dir reden."

"Schau, ich bin zu beschäftigt dafür. Jetzt ist alles vorbei."

Cindy versuchte von ihr wegzukommen und rannte zu ihrem Haus.

Juliet folgte ihr auf die Veranda und Cindy konnte sie respektvoll nicht abweisen.

"Ok, komm besser rein."

Als Juliet drinnen war, wurde ihr klar, wie einige dieser Leute sich bemühten, aus dem, was um sie herum geschah, eine Oase des Trostes zu schaffen.

Julieta war mit dem Stil der Häuser vertraut, da sie als Kind in einem ähnlichen Viertel der Stadt aufgewachsen war, aber nicht so arm wie das, in dem sie sich befand.

Es war schwer zu erwarten, dass Cindy enthüllte, warum sie ihre Vergewaltiger nicht identifizieren wollte.

Juliet erklärte dann ihren Plan, sie selbst zu fangen.

"Du bist verrückt?" Fragte Cindy.

"Vielleicht bin ich es. Aber wir müssen sie aufhalten."

Cindy machte ein Foto von ihrem Neffen, der auf der Straße spielte.

Das gleiche Foto, das ihm die Vergewaltiger in der Nacht gaben, als er ihr Opfer wurde.

"Sie werden dich verletzen, wenn ich etwas sage."

Er betrachtete das Foto weiter und erinnerte sich an alles, was geschehen war.

"Du meinst, sie wussten, wer du bist?"

"Sie müssen es gewusst haben."

Zu diesem Zeitpunkt stellte Julieta fest, dass die Vergewaltigungen im öffentlichen Verkehr nicht zufällig, sondern geplant waren.

Immerhin hatte Billy Gaylor recht, diese Sexualverbrechen ereigneten sich immer wieder, weil sie mit Angst verbunden waren.

"Also, wenn sie dich nicht wählen, wirst du kein Opfer sein?"

Das würde es ihnen jetzt unmöglich machen, sich selbst zu wählen.

Aber Gaylor sagte, er wollte, dass sie es so macht.

Gaylor muss etwas arrangiert haben, an dem sie beteiligt war, um Opfer zu werden.

Sie bedankte sich bei Cindy für ihre Hilfe und rief schnell ein Taxi, um sie sofort zu Billy Gaylor zu bringen.

* * *

"Ich weiß, dass Sie mich in das Fadenkreuz von Vergewaltigern gesetzt haben." Schnappte Juliet.

Gaylor zündete seine kubanische Zigarre an und entfernte das Streichholz, indem er es mit fachmännischem Geschick in einen Aschenbecher warf.

"Und ich stelle mir vor, jemand beobachtet mich gerade Tag und Nacht."

"Und das?"

"Soweit ich weiß, könnten Sie damit aufhören, ohne dass ich mich einmische. Warum tun Sie das nicht?"

"Nehmen Sie es ruhig. Es ist kompliziert." Gaylor antwortete.

"Ich möchte eine Erklärung, Billy"

"Irgendwie hast du es verdient. Von Anfang an habe ich Bob gesagt, dass es eine verrückte Idee ist."

"Bob?"

"Du bist viel zu schlau, Juliet. Er muss denken, dass du eine Art dummer blonder Journalist bist. Natürlich wusste er, dass es eine Möglichkeit geben würde, dass du bestimmte Dinge herausfindest. Ich denke, Bob war sehr verzweifelt, als er darüber nachdachte. Er versuchte es. Alles, um Ihre wertvolle Zeitung zu retten. Eine Geschichte wie diese könnte genau das sein, was Sie brauchen, um das Vertrauen Ihrer Sponsoren und Aktionäre zu gewinnen. "

Julieta konnte nicht glauben, was er ihr gesagt hatte.

Er ließ sich auf einen Stuhl fallen und wiederholte die Worte immer wieder in seinem Kopf.

Bob hatte alles geplant, aber wie war er mit der ganzen Sache beschäftigt?

"Ist das alles ein Rollenspiel, um eine Zeitung zu retten?" Sie fragte.

"Nicht alles. Wie ich schon sagte, es ist kompliziert. Nun, dieser Teil wird zumindest überhaupt nicht fortgesetzt. Ich denke nicht, dass jemand so klug ist, wie Sie weiter darüber reden werden."

"Was meinen Sie?"

"Du könntest alles für mich und Bob ruinieren. Also denke ich, es ist Zeit für meinen Notfallplan. Tut mir leid, Juliet."

Schnell tauchte eine Hand hinter dem Stuhl auf und schloss den Mund.

Ein starkes Aroma des Äthers erfüllte seine Atemwege.

Er begann sich zu wehren und beobachtete Billy Gaylors trauriges Lächeln, bevor seine Sicht immer mehr verschwamm, als der Äther wirksam wurde und immer schwächer wurde.

Ein tiefer Schlaf übernahm bald seinen Körper und Geist.

KAPITEL 11

Sie öffnete die Augen und sah Risse in der Decke direkt über sich.

Sie hatte Schmerzen in Handgelenken und Knöcheln und bemerkte, dass sie auf dem Rücken lag und an den Gliedern an einer weichen Matratze unter ihr festgebunden war.

Seine Sicht wurde klarer und er bemerkte, dass immer noch ein Gestank von Äther um seine Nase und Lippen vorhanden war.

Seine Zunge war trocken und geschwollen.

Er sah sich um, wo er war.

Ein leerer fensterloser Raum mit einer einzelnen Glühbirne in einer Messinglampe in der Ecke neben der geschlossenen Tür.

Juliet versuchte zu sprechen, aber ihr Hals war auch trocken.

Sie zog an den weichen Baumwollbändern um ihre Handgelenke, aber sie waren eng und erlaubten keine Bewegung.

Sie sah auf sich hinunter und stellte fest, dass sie nackt war, zumindest oben ohne, als er die Anwesenheit ihres Höschens um ihre Taille und ihren Schritt spürte.

Die Angst übernahm sofort seine Neugier.

Er wollte schreien und schreien, war sich aber seiner gefährlichen Situation bewusst.

Es könnte sie nur noch schlimmer machen, wenn er es tat.

Sie sagte sich, sie solle ruhig bleiben und erkannte, dass sie etwas zu trinken brauchte und am schlimmsten urinieren musste.

Die Tür öffnete sich und ein unbekanntes Mädchen betrat den Raum.

Gabrielle war Juliet zumindest unbekannt, da sie sich noch nie in ihrem Leben getroffen hatten.

"Wo bin ich?"

Gabrielle lehnte sich gegen die Kante des Messingbettes und lächelte ihren gefangenen Gast an.

"In guter Gesellschaft, schöner Mexikaner. Ich kenne nicht einmal Ihren Namen, aber sie sagen mir, dass Sie wichtig sind. Ich muss auf Sie aufpassen."

"Ok, in diesem Fall kannst du mich losbinden?" Fragte Julieta

"Nein. Wenn ich das tun würde, könntest du fliehen."

"Also kann ich wenigstens etwas Wasser trinken?"

Gabrielle trat an die Seite ihrer Gefangenen und strich sich mit einer schlanken Hand mit langen, silber lackierten Nägeln über die Haare.

Juliet bemerkte, dass Gabrielle seltsam gekleidet war.

Sie trug ein enges schwarzes Lederkleid, das ihre Brüste festhielt, ihr blondes Haar wogte und fiel über ihre Schultern, und sie war mit silbernem Lidschatten und Lippenstift geschminkt.

Die Art, wie Gabrielle ihr Haar berührte und mit einem weichen Finger über ihr Gesicht fuhr, hatte einen Hauch grausamer Zuneigung.

Er wusste, mit wem auch immer dieses Mädchen war, es würde nicht leicht sein, mit ihr umzugehen.

"Wasser? Ich habe kein Wasser. Was machen wir jetzt?"

"Ich brauche etwas zu trinken, das kannst du sicher verstehen." Juliet gestand. "Kannst du mir etwas zu trinken bringen?"

In seiner Stimme lag eine Bestätigung.

Gabrielle sah sich im Raum um und sah dann Julia an.

"Lass mich ein bisschen darüber nachdenken ..."

"Woran gibt es zu denken? Ich muss trinken."

Jetzt erkannte sie auch, dass Gabrielle entweder dumm oder schauspielerisch war.

Mehr Schauspiel als alles andere schien es, da sie offensichtlich darauf aus war, geradezu grausam zu sein.

"Wirst du mich dann warten lassen?"

"Ja."

"Weißt du warum ich hier bin?"

"Ja. Du warst sehr ungezogen und musst bestraft werden."

"Wer hat dir das gesagt? Wie ist dein Name?"

Gabrielle berührte langsam Julias Brustwarze und sah zu, wie er reagierte.

Sie lächelte dieses böse Grinsen und fuhr mit ihrem scharfen Fingernagel vorsichtig über den Heiligenschein.

"Oh schau. Mache ich dich geil?"

"Auf keinen Fall." Juliet antwortete.

Es war eher die Angst, die die Reaktion hervorrief, als die erotische Beteiligung.

"Können wir über meinen Durst sprechen? Und du hast mir deinen Namen noch nicht gesagt."

"Rasieren oder trimmen Sie? Lassen Sie mich einen Blick darauf werfen."

Gabrielle fuhr mit dem Finger über Julias Nabel.

Sie schluckte, ihr Hals juckte von der Trockenheit, die der Äther hinterlassen hatte, und dann spürte sie, wie Gabrielle ihr Höschen herunterzog.

"Oh ja, das ist schön. Ich sehe, wie du deine Muschi schneidest. So ordentlich und sauber."

"Ich gebe mein Bestes."

Juliet spürte einen Stich zwischen ihren äußeren Vaginallippen, als Gabrielle sie grob schob.

"Das tut weh."

"Oh sorry. Ich habe nachgesehen, ob du nass bist."

"Was ist wenn ja?"

"Hmmm ... vielleicht könnten wir spielen."

"Vielleicht könnten wir das. Aber zuerst brauche ich das Getränk."

Dachte Gabrielle und fuhr mit ihren Fingerrücken langsam wieder über Julias Bauchnabel.

Dann blieb er stehen, rannte zur Tür und ließ Julia allein im Raum.

In diesem Moment atmete sie erleichtert auf und hoffte, dass bald ein Getränk auf dem Weg sein würde.

Aber es tat nichts, um die Enge in ihrer Blase zu lindern, die immer schmerzhafter wurde.

KAPITEL 12

Gaylor stieg auf einem mit Müll übersäten Boden aus seiner Limousine und ging zu dem Auto, das vor ihm geparkt war.

Er stellte die Aktentasche auf die Motorhaube, wartete und starrte Stevens durch die Windschutzscheibe an.

"Wirst du rausgehen und dieses Geld sammeln oder was?"

Nach ein paar Sekunden stieg Stevens aus seinem Auto und Gaylor drehte die Aktentasche zu ihm, ohne sie zu berühren.

"Was ist los? Du willst es nicht? Oder denkst du vielleicht, ich betrüge das? Schau dich um!"

"Ich vertraue dir nicht und werde dir niemals vertrauen, Billy."

"Willst du es erzählen?"

"Nicht."

"Ich dachte du sagtest du vertraust mir nicht du dumme Scheiße!"

Stevens griff nach der Aktentasche und warf sie vor sich ins Auto.

"Du hast gegen die Regeln verstoßen, Billy. Du hättest Danny nicht kontaktieren sollen."

"Nun, sagen wir einfach, er hatte ein zusätzliches Geschäft für sein kleines Spiel." Antwortete Gaylor lächelnd. "Und dieses Geschäft ist besser als Ihr Geschäft. Und die letzten fünfzigtausend Dollar zahlen Sie gut."

"Mach dir keine Sorgen, Billy, eines Tages werde ich dich haben."

Stevens ließ den Motor an und drehte den Rückwärtsgang von Gaylor, der zum Abschied lächelte und obszöne Gesten mit seinen Fingern sendete.

Billy Gaylor hatte Danny ein besseres Angebot gemacht als der ursprüngliche Stevens.

Und Dannys Loyalität hatte sich jetzt geändert und den Detektiv mitten in einem unglücklichen Dilemma zurückgelassen.

Aber Danny wusste nicht, wie sich seine eigene Situation herausstellte.

Stevens würde nun versuchen, einen Weg zu finden, um die Vergewaltigungen zu stoppen und sie alle zu verhaften, ohne seine eigene Beteiligung an den Ereignissen preiszugeben.

Es würde nicht einfach werden, aber er war entschlossen, es zu tun, da jeder jetzt sagen konnte, dass er derjenige sein könnte, der sofort aus dem Plan gestrichen wird.

* * *

Gaylor saß in seiner Limousine und befahl seinem Fahrer, ihn nach Hause zu fahren.

Er wählte eine Nummer auf seinem Handy und wartete, bis sie beantwortet wurde.

"Oh Danny, wie geht es dir? ... kümmerst du dich um meinen kleinen Freund?"

KAPITEL 13

Juliet sah zu, wie Gabrielle ihr Handgelenk lockerte und ihr dann erlaubte, ungeschickt einen Schluck Wasser aus dem Glas zu nehmen.

Gabrielle lächelte und streichelte spielerisch Julias Haar. Sie erwartete, dass sie ihre Spiele als Gegenleistung spielen würde.

Aber Julia hatte andere Ideen.

"Danke. Kann ich also herausfinden, wer du bist und wo ich bin?" Fragte Juliet und sah sich in dem leeren Raum um. "Du weißt, es würde helfen, wenn ich mich setzen könnte. Wenn du mein anderes Handgelenk lösen würdest."

"Ich kann das nicht tun". Gabrielle antwortete.

"Warum nicht?"

"Du könntest fliehen."

"Ok. Ich verspreche dir, dass ich es nicht werde und außerdem könnte ich vielleicht besser mit dem umgehen, was du vorhast."

Dies machte Gabrielle aufgeregt und Juliet erkannte, dass sie nicht die klügste Person der Welt war, wenn es um Intellekt ging.

"Du versprichst?" Fragte Gabrielle.

Juliet antwortete mit einem Lächeln und einer Geste ihres Kopfes.

"Willst du wirklich spielen?"

Gabrielle streckte die Hand aus und begann, ihr anderes Handgelenk zu lösen. Dabei hob sie ihr Bein vom Boden ab und machte den Dolch in ihren kniehohen Stiefeln zugänglich.

Julieta griff schnell mit einer freien Hand nach ihr und warf ihr das Glas Wasser ins Gesicht, um sie von der Strecke zu werfen.

Mit beiden Händen packte sie Gabrielle fest an den Haaren und hielt den Dolch an ihr Gesicht.

"Denk nicht mal daran, Schlampe zu bewegen!"

Gabrielle tat, was ihr gesagt wurde.

Sie hatte sich nicht einmal vorgestellt, dass Julia einen solchen Schritt auf sie machen könnte.

"Ich möchte, dass du alles tust, was ich dir sage ..."

In diesem Moment befahl Juliet ihm, ihre Knöchel nacheinander zu strecken und langsam zu lösen, während sie sich fest an ihren Haaren festhielt und von Zeit zu Zeit zog, um ihr zu zeigen, wer verantwortlich war.

Juliet kniete nieder und zog Gabrielle zu sich, hielt nun den Dolch an ihre Kehle und zog an ihren Haaren.

"Ok, jetzt verlassen wir diesen Raum. Wer ist auf der anderen Seite dieser Tür?"

"Gary ist nebenan."

"Jemand anderes?"

"Nein, nur ich und Gary."

Und in diesem Moment schlug die Tür auf.

Danny stand im Rahmen und richtete eine Waffe auf die beiden Frauen.

"Mexikanische Schlampe, lass den Dolch fallen ... JETZT!"

Julieta war überrascht gewesen, nicht nur durch das plötzliche Klopfen der Türöffnung, sondern auch durch das Sehen einer Waffe, die auf sie gerichtet war.

In diesem Moment wurde seine Blase freigelassen und konnte nicht mehr lange durchhalten.

KAPITEL 14

Jimmy versuchte endlos, Juliet an ihrem Telefon anzurufen.

Die Kontaktnummer, die ich hatte, war nicht verfügbar oder unbeantwortet.

Es war spät und die Zeit, zu der sie sich verabredet hatten, war längst vorbei.

Er begann sich Sorgen zu machen.

Er drehte sein Auto aus dem Weg des Theaters und raste die Hauptstraße entlang, um sich durch den Rest des Nachtverkehrs zu bewegen, um während der Fahrt mehrere Kollisionen zu verursachen.

Er brach in Bob Andrews 'Büro ein.

Bob arbeitete sehr spät, um eine Nummer mit einem großartigen Cover herauszubekommen.

"Was zum Teufel! ... wer zum Teufel bist du? Wer hat dich reingelassen?"

Jimmy lehnte sich gegen den Schreibtisch und spuckte seine Worte aus, als er Bob mit seinem Speichel fast einholte:

"Julia! Wo ist sie?"

"Wie zum Teufel soll ich das wissen, ich bin nicht sein Vormund." Bob antwortete.

"Du hast ihr diese Aufgabe zugewiesen. Also wo ist sie?"

"Sag mir, wer du zuerst bist und ich könnte überlegen, mit dir zu reden."

Jimmy machte es sich bequem und saß nervös mit dem Kopf in den Händen.

"Es tut mir leid. Sie ist mir wichtig. Sie wird vermisst."

"Wahrscheinlich arbeitet sie an einem ruhigen, abgelegenen Ort. Sie macht es manchmal so."

"Nicht." Jimmy antwortete. "Nein, ich denke sie hat ein Problem."

"Ich würde mir keine Sorgen machen. Juliet wird auftauchen, wenn sie bereit ist. Also wer zum Teufel bist du?"

Er erklärte Bob, wer er war.

Bob hatte nicht bemerkt, dass Julia Freunde hatte, geschweige denn eine Geliebte.

Sie war eine sehr private Frau, die nur Geschäftsleute kannte.

Und nach dem, was Gaylor ihr vor einer Stunde erzählt hatte, musste sich Juliet einem tragischen Umstand stellen, um sie aus dem Weg zu räumen.

"Ich dachte du könntest wissen wo sie ist. Es tut mir leid dich gestört zu haben." Jimmy stand auf und ging zur Bürotür.

"Nein, warte. Setz dich." Fragte Bob.

Jetzt machte er sich Sorgen darüber, was Julia zu ihm gesagt haben könnte.

Plötzlich war Jimmy ein Risiko für den gesamten Plan, den Gaylor aufgestellt hatte.

"Vielleicht kann ich Ihnen helfen. Wir tun manchmal Dinge im Verborgenen, um Dinge und Menschen zu schützen. Julia wurde auf eine sehr dringende Aufgabe geschickt."

"Wo?"

"Ich kann es nicht sagen, aber ich versichere dir, es hatte nichts mit dem zu tun, was sie dir gesagt hat."

Jimmy wurde klar, dass Bob sehr nervös und besorgt geworden war, sobald er erklärt hatte, wer er war.

"Und was glaubst du, hat sie mir erzählt?" Ich frage.

"Die Aufgabe, mit der sie beschäftigt sein sollte."

"Die Verstöße im öffentlichen Verkehr?"

"Ja, das ist der Punkt."

"Mr. Andrews, können Sie mir etwas über diese Aufgabe erzählen?"

Bob begann zu zittern.

"Eigentlich nicht viel. Was willst du besonders wissen?"

"War sie bereit, die Vergewaltiger zu fangen?" Fragte Jimmy und ließ sich auf seinem Platz nieder.

"Ich kann nicht sagen. Vertraulichkeit und all das, verstehst du, richtig?"

"Nein, ich verstehe nicht. Hast du sie dazu gebracht, es so zu machen, wie sie es geplant hat?"

"Schau, sie wollte es so."

"Glaubst du nicht, dass es ein bisschen unverantwortlich von dir war?"

Jimmy wusste, wie man bei Bedarf Druck auf die Menschen ausübt.

Und er fand Bob Andrews, der deutliche psychologische Anzeichen dafür zeigte, dass er etwas Wichtiges versteckte.

"Mr. Andrews, ich glaube nicht, dass sie auf einer dringenden Mission ist. Sie wissen, wo sie ist, richtig?"

Bob wusste jetzt, dass Jimmy eine Bedrohung war.

Sein Plan war nicht so einfach, wie es schien.

Julias Disposition war anscheinend einfach.

Sie war eine Frau, die alleine lebte und außerhalb ihres Jobs nur sehr wenig Privatleben hatte.

Bob würde der fürsorgliche und fürsorgliche Arbeitgeber sein, der sich um die Dinge kümmern würde.

Jimmy wurde immer wütender, als er Bobs ängstliche Reaktionen beobachtete.

Jimmy beugte sich schnell über den Schreibtisch und packte Bobs Hemd mit beiden Händen.

Sein Gewicht war für ihn kein Problem, deshalb konzentrierte er seine ganze Energie darauf, die gewünschten Informationen physisch zu extrahieren.

Bobs sanfte Art machte es Jimmy leicht, ihn einzuschüchtern.

"Wo ist sie!?"

KAPITEL 15

Juliet spürte den nagenden Schmerz in ihren Armen, als sie am Seil aufgehängt war.

Beide Handgelenke banden über ihrem Kopf zusammen und baumelten. Ihre Füße standen nur Zentimeter über dem Boden unter ihr.

Danny legte seinen Finger auf ihr Schulterblatt und ließ sie schwanken, was den Schmerz noch mehr verstärkte.

Gabrielle saß auf einem Stuhl und schaute lächelnd durch den Raum.

"Durch den Versuch zu fliehen hast du es dir schwerer gemacht." Flüsterte Danny in Julias Ohr.

Tränen liefen ihr über das Gesicht, als sie versuchte, den Schmerz und die Angst in ihr zu bekämpfen.

Er ging um ihren gequälten nackten Körper herum und trat dann einen Schritt zurück.

"Mmmm ... was für einen schönen lateinamerikanischen Körper du hast. Dunkel und sehr sexy. Und ich sehe, dass du auf dich aufpasst. Ich mag das, richtig, Gabrielle?"

"Ja." Gabrielle trat vor und stellte sich neben ihren Anführer. "Sie ist sehr sexy."

"Ich denke, unser Freund hier hätte ein Model sein sollen, kein Journalist."

"Ich denke, du hast recht." Gabrielle antwortete.

"Jetzt merkt sie, dass sie die unglückliche Neigung hatte, mit Intelligenz gesegnet zu werden, die ihren Lebensverlauf verändert hat. Intelligenz bei einer Frau kann ein Handicap sein. Sie bringt sie in alle möglichen Schwierigkeiten."

"Oh ... ich habe auch Intelligenz." Schnappte Gabrielle.

Er sah sie an und lachte.

"Ja, das tust du. Aber sehr wenig."

"Du musst mich befreien." Flehte Juliet mit vor Schmerz schwacher Stimme.

"Was war das?"

Danny beugte sich näher und seine Hände wanderten über die schweißnasse Haut ihrer Brüste.

"Hast du was gesagt?"

Ihre Augen waren teilweise geschlossen, aber sie sah ihm direkt ins Gesicht, bevor sie hineinspuckte.

Danny wischte sich die Nase, wo der Speichel ihn getroffen hatte.

"Das war nicht sehr schön, Juliet. Wie ich dir gesagt habe, wirst du es nur noch schlimmer machen."

Gabrielle bog die Ernte, die sie in der Hand hielt.

"Lass mich sie bestrafen."

Danny griff schnell nach der Reitpeitsche und hielt sie hoch.

"Nein! Lass sie runter"

KAPITEL 16

Der Wachmann sprang von hinten auf Jimmy zu und schickte ihn in die Büroetage, um Bob mit sich zu ziehen.

Jimmy wurde von der stämmigen Wache überholt und mit beiden Händen hinter seinem Rücken festgehalten.

Die Handschellen rasten ein.

Bob stand auf und lehnte sich auf dem Stuhl zurück, während der Wachmann über Jimmy saß, immer noch trat und versuchte, sich zu befreien.

"Okay Boss, die Polizei ist unterwegs." Der Wachmann berichtete. "Wer ist dieser Typ überhaupt?"

Bob holte sein Taschentuch heraus und wischte sich die Stirn.

"Jemand, der durch die Sicherheit gekommen ist. Wo zum Teufel hast du ... geschlafen?"

"Nein. Ich war auf Patrouille."

"Also, wie zum Teufel ist er hier reingekommen?"

KAPITEL 17

Danny hielt Julia fest und hängte ihren gequälten Körper über seine Schulter, als Gabrielle ihre Handgelenke losließ.

Dann trug er sie zu einer Matratze auf dem Boden und senkte sie sanft.

Juliet war schwach von dem Schmerz, für eine scheinbare Ewigkeit an ihren Armen zu hängen, aber es waren nur ein paar Stunden.

"Du wirst nie damit durchkommen, wer auch immer du bist." murmelte sie

Danny drehte sich zu Gabrielle um und bedeutete ihr, wegzugehen.

Sie erwiderte einen gereizten Ausdruck und lehnte sich widerwillig in ihrem Stuhl zurück.

Er stand über Julia und sah sie an.

"Sie sind nicht in einer sehr günstigen Position, um jemanden zu bedrohen."

Er kniete sich neben sie und strich ihr das feuchte Haar aus dem Gesicht.

"Ich mag keine Drohungen".

Sie sah zu ihm auf und hörte seine sanfte, aber aggressive Stimme.

"Ich mag es nicht, angespuckt, getreten oder geschlagen zu werden. Du siehst, ich mag es, die Kontrolle zu haben."

Seine Hand bewegte sich über ihre Lippen und dann über ihr Gesicht.

"Du bist so schön, Julia, und es ist eine Schande, dass du in der Situation bist, in der du bist."

Er hielt inne und sah zu dem flackernden Licht auf, das von der Decke hing.

"Ich bring dich um." Er stand auf und sah sie an. "Sie sehen, ich bin Ihre Nemesis."

Juliet fing an zu weinen und zu zittern.

Sie war hilflos.

Danny zog die Waffe aus dem Hosenbund und überprüfte sie.

Er lächelte sie an und zeigte ihn dann durch den Raum, wo Gabrielle saß.

"Auf Wiedersehen"

Der erste Schuss explodierte in Gabrielle's Bauch und ließ sie auf dem Stuhl taumeln.

Der zweite traf sie zwischen den Augen und sandte einen Gehirnstrahl gegen die Wand.

Der dritte Schuss zielte auf sein Herz, als sein Körper zu Boden fiel.

Juliet begann hysterisch zu schreien.

Gary rannte in den Raum und warf die Tür mit einem blutbefleckten Verband um den Hals weit auf.

Sie blieb stehen und sah Gabrielle's verstümmelten Körper auf dem Boden und sah dann Danny an.

"Was zur Hölle machst du?" Danny grinste und schoss diesmal einen vierten Schuss auf Gary, der ihn hart in die Brust schlug und seinen Körper durch die offene Tür schickte.

Er kniete sich neben Julia und legte seine Hand auf ihren Mund.

"Shhhhhh ... Du bist noch nicht dran. Ich verspreche dir etwas viel Aufregenderes."

KAPITEL 18

Jimmy saß alleine in einer Zelle.

Er beruhigte sich immer noch von seinem manischen Angriff auf Bob Andrews, um zu versuchen, sich mit seiner Verhaftung abzufinden.

Die Zellentür öffnete sich und Stevens trat ein.

Die beiden Männer sahen sich an, bevor Stevens sich vorstellte.

"Sind Sie nicht der Polizist, der für diese Verstöße gegen die öffentlichen Verkehrsmittel verantwortlich ist?" Fragte Jimmy.

"Ja. Es tut mir leid, dass du misshandelt wurdest. Andrews hat wahrscheinlich eine Tracht Prügel verdient."

"Ich habe ihn nicht geschlagen. Ich habe gedroht, ihn zu erwürgen, wenn er mir nichts sagt, was ich wissen muss."

Stevens lachte und bot Jimmy eine Zigarette an.

Dieser lehnte ab.

"Was musstest du wissen?"

"Keine Ursache".

Stevens lehnte sich gegen die Mauer der Zelle und zündete sich eine Zigarette an.

"Ich denke, es ist wichtig. Es hat etwas mit einer vermissten Person zu tun, die noch nicht gemeldet wurde."

"Was zur Hölle interessiert dich das?"

"Es ist mir sehr wichtig. Deine Freundin ist gerade in Gefahr, während wir sprechen."

"Also warum machst du nichts?" Fragte Jimmy.

"Wir müssen zusammenarbeiten. Du und ich."

"Was du sagst ist, weißt du nicht wo es ist?"

"Ich weiß genau, wo sie ist."

"Was? Dann mach was!" Jimmy stand auf und sah Stevens an. "Was zur Hölle ist hier los?"

"Hör mir zu..."

"Nein ... geh raus und mach jetzt was! Du bist ein Polizist.

"Ich brauche das, um zwischen dir und mir zu sein, sonst niemand." Stevens sagte.

"Was meinen Sie?"

"Schauen Sie, die Leute, die Ihre Freundin gerade haben, sind sehr verrückt. Sie sind zu kaltblütigem Mord fähig, und nach dem, was wir wissen, könnte es zu spät sein. Also haben wir hier einen Deal?"

Jimmy dachte darüber nach, obwohl er immer noch verwirrt war, verstand er etwas.

Juliet musste vor allem gerettet werden, was sie war und wer sie gefangen hielt.

Die Stadt war groß und es gab viele Orte, an denen Julia gefangen gehalten werden konnte.

Es würde nur ewig dauern, sie von einem Mann zu finden, wenn er nicht zufällig über sie stolperte.

Stevens war der Schlüssel.

Er war ein Polizist mit Rache im Kopf und dem Plan, seinen eigenen Ruf zu retten, obwohl Julia ihm eigentlich nichts bedeutete, am allerwenigsten Jimmy Clarkson.

KAPITEL 19

Die verlassene Mühle am Flussufer war eine von vielen.

Wie Hunderte von zerstörten Gebäuden wartete es auf seinen Abriss und seinen Platz im Stadtplaner, um sich zu regenerieren.

Aber wie viele Pläne in der Stadt war es immer noch ein Traum und für die Bürger ein weiteres falsches Versprechen.

Für Danny war es sein Versteck und Zuflucht vor den Behörden.

Ein Versteck mit seinen vielen offenen Räumen und Werkstätten und jetzt sein Aufbewahrungsort für den Tod.

Für Julia war es ihre persönliche Hölle, als Danny sie zu einem der Workshops brachte, geknebelt und wieder an ihre schmerzhaften Handgelenke gebunden.

Er zog an ihren Haaren, die nicht mehr so lokal glänzten, sondern zerzaust und verwirrt waren.

Er zwang sie mit vorgehaltener Waffe auf eine andere schmutzige Matratze und forderte sie auf, still zu bleiben.

Seine Augen sprachen nur leise, mit Angst und Furcht.

Er saß neben ihr und hielt die Waffe an die Stirn.

"Weißt du, es ist jetzt einfach dich zu töten. Alles was ich tun muss ist diesen Hebel zu ziehen und ... pow ... es ist vorbei." Er zog die Waffe zurück und lächelte. "Weißt du, dass du einer meiner Lieblingsgefangenen bist? Schön." Sein Finger glitt über ihre hängenden, jugendlichen Brüste und berührte spielerisch eine Brustwarze. "Schade. Du musst eliminiert werden."

Sie wollte reden und ihn anflehen, aber der Knebel war zu eng und sie konnte nur wimmern.

"Ich habe viele Frauen gehabt, aber keine so gut wie du." Er strich sich die Haare aus dem Gesicht. "Ja, eines kann ich für dich tun. Mach dein Ende ruhig und schmerzlos. Aber du musst etwas für mich tun."

Danny löste den Knebel und zog ihn zwischen seinen Lippen hervor.

"Ich werde alles tun." Sie sprach leise und sah ihn wieder an. "Du kannst mit mir machen, was du willst, aber tu mir nicht weh. Lass mich gehen."

Er lächelte zurück, aber mit einem bösen halben Lächeln, aber sie konnte auch ein gewisses Maß an menschlichem Mitgefühl feststellen.

"Ich kann dich nicht gehen lassen. Das ist was ich tue."

"Nein. Du musst das nicht tun."

Er fuhr mit der Waffe sanft über ihre Lippen.

Die Berührung von kaltem Metall ließ sie zittern.

"Du erinnerst mich an jemanden. Nein, du erinnerst mich an einen Engel, von dem ich einmal geträumt habe. Es war ein Albtraum. Ich war noch in der High School. Aber der Traum war schlecht, weil du ein Schutzengel warst und der Dämon dich zerstört hat."

Juliet bemerkte, dass er sie in ihrem Albtraum als den Engel bezeichnet hatte.

Dies gab ihm etwas zu arbeiten.

"Ich habe diesmal versagt. Aber ich bin wieder hier und dieses Mal werde ich dich retten."

Danny lächelte.

"Dies ist kein Albtraum und ..." Er sah sich um. "Wo sind die Dämonen?"

"Das war ein Traum. Das ist real. Dämonen sind etwas anderes."

"Noch etwas?" Der Fluss. "Was sind Sie?"

Sie musste schnell nachdenken, jetzt, da sie erkannte, dass er die Fähigkeit hatte zu sehen, dass sie versuchte, ihn zu manipulieren und ihre Gedanken in ihre Richtung bewegte.

"Sicher hast du da draußen Feinde"

Danny schaute zum Fenster und seinem schmutzigen, zerbrochenen Glas.

Es wurde Tageslicht und entfernte Geräusche von Polizeisirenen waren zu hören.

"Ja, ich habe da draußen Feinde."

"Ich kann dich vor diesen Feinden retten. Erfolgreich dort, wo ich das letzte Mal versagt habe. Aber wenn du mich eliminierst, der Feind ..."

"Halte den Mund, halt den Rand, Halt die Klappe!" Danny spuckte seine Worte aus.

Juliet erkannte, dass ihr Trick nicht funktionierte. Oder wenn?

"Sie wissen nicht, wie es ist, arm zu sein. Lassen Sie sich von der Polizei für Dinge belästigen, die Sie nie getan haben. Sie haben mich immer geschleppt und geschlagen, bis ich Verbrechen gestanden habe, die ich nie getan habe." Er stand auf und der Zorn in ihm strömte heraus. "Sie haben ihn kaltblütig erschossen."

"Zu wem?"

"Zu meinem Bruder!" Er umklammerte frustriert seinen Kopf. "Sie haben ihn kaltblütig getötet. Er hat nur versucht, den Bankräubern zu entkommen. Er war geflohen und frei gelaufen, und sie haben ihn auf der Straße erschossen."

Juliet begann ihren Kummer zu absorbieren und zu verstehen.

Als sie selbst in der High School war, erinnerte sie sich an die Zeit, als die Polizei eine Geisel getötet hatte.

Ein Unfall, sagten sie.

War Danny mit dem Opfer verwandt?

"Ich erinnere mich jetzt", flüsterte sie.

Danny drehte sich um und hielt die Waffe an seinen Hinterkopf.

"Er war dort mit meiner wartenden Mutter. Wir haben gesehen, wie er vor unseren Augen vorbeigegangen ist. Wir konnten sehen, dass Bobby seine Arme zu ihnen hob und dann haben wir die Schüsse gehört und er ist zu Boden gefallen. Meine Mutter war hysterisch und ich konnte mich nicht bewegen."

"Es war ein Unfall."

"Nein. Es war ihnen egal. Sie ließen ihn auf der Straße sterben. Ein Polizist feuerte sogar den letzten Schuss aus der Nähe ab, der ihn schließlich von seinen Schmerzen befreite. Jetzt sehen Sie, warum sie der Feind sind."

"Aber warum machst du diese Dinge?" Fragte Julieta.

Danny zog an ihren Haaren und hob ihren Kopf, um ihn anzusehen.

Der Schmerz ließ sie schreien.

"Du liegst falsch." Er schaute auf ihr Gesicht und sah die Folter, die er ihr einflößte. "Ich bin nicht dein Feind."

"Jeder ist mein Feind."

"Ich bin dein Schutzengel, denk dran."

"Verpiss dich!"

Er ließ ihren Griff los, kniete sich hinter sie und fuhr mit der Waffe über ihren Rücken.

Seine Augen fingen die weiche Form ihres Gesäßes und den Geruch ihres Körpers ein, schmutzig und doch anregend für seine Sinne.

Er legte die Waffe neben sich, öffnete seine Hose und ließ die Härte los, die jetzt seine Haut berührte.

"Ich werde dich ficken, Engel." flüsterte er laut.

Julieta spürte, wie sie ihr Gesäß teilte und mit den Fingern über ihr Geschlecht fuhr.

Sie schloss erwartungsvoll die Augen und spürte, wie sein Schwanz zwischen ihre trockenen Lippen rutschte.

Langsam trat er in sie ein und begann sie mit jedem Ruck seiner Hüften zu schlagen.

Sie packte seine Hände fest und erlebte die Vergewaltigung, die sie und Jimmy vorbereitet hatten, erneut.

In ihren Gedanken sagte sie sich, dass es Jimmy war.

Es würde keinen Höhepunkt für sie geben, aber Danny erreichte schnell ihren, also stöhnte er und packte sie an den Hüften, bis sie spürte, wie sein Feuer in ihr schoss.

Danny brach neben ihr zusammen und sie öffnete die Augen, um ihn anzusehen.

"Bist du stolz auf das, was du getan hast? Hat dir das gut getan?" sie fragte hitzig.

Er öffnete die Augen und starrte sie an.

"Das ist, was ich tue."

KAPITEL 20

Stevens und die beiden treuen Offiziere, die ihn begleiteten, machten sich auf den Weg durch den geschäftigen Morgenverkehr zum alten Hafenbereich.

Diesmal hatten sie Gesellschaft, Jimmy Clarkson.

"Erinnern Sie sich an Clarkson, das ist alles geheim. Kein Wort an irgendjemanden anderen. Ist das klar?" Stevens sagte es ihm. "Wir können das ohne Probleme tun und niemand wird etwas Ungewöhnliches bemerken."

Jimmy hielt inne und seine Gedanken drehten sich.

Jetzt wusste er, dass Stevens etwas damit zu tun hatte.

Aber Jimmy machte sich nur Sorgen um Julia.

"Nun, das ist in Ordnung, aber beeil dich!"

KAPITEL 21

Juliet lag auf der Matratze und erholte sich von ihrer Tortur.

Diesmal hatte er auf sie gewartet und sie hatte bereits aus der anderen Erfahrung gelernt.

Jetzt wartete sie darauf zu sterben.

Danny stand am Fenster und schaute auf den Fluss und die Hängebrücke, die ihn überspannte und eine Hälfte der Stadt mit der anderen verband.

An diesem Morgen waren die feierlichen Momente des Tages, an dem sein Bruder starb, zu ihm zurückgebracht worden.

Erinnerungen, die er jahrelang im Gedächtnis behalten hatte und die ihm auch eine Spur von Bedauern für das hinterlassen hatten, was er gerade getan hatte.

"Wann wirst du das für mich beenden?" Julieta fragte "Ich warte auf den Tod!" Sie schrie.

Sie war bereits jenseits aller Panik und hatte sich mit der Folter und Bedrohung abgefunden, die sie umgab.

"Hast du die Stadt am Morgen jemals gesehen?" Ich frage. "Der Fluss. Wie die aufgehende Sonne auf das Wasser scheint? Dieses warme, beruhigende Leuchten und das umgebende Chaos?" Er drehte sich zu seinem Gefangenen um. "Du bist Teil von all dem. Schönheit im Chaos."

Die Doppeltüren zur Werkstatt knallten auf und Schüsse ertönten an der Decke des Raumes.

Danny spürte, wie die Kugeln ihn trafen und wie heiße, harte Schläge durch sein Fleisch schnitten.

Juliet schrie und rollte sich auf der Matratze zusammen.

Danny holte scharf Luft, als der Schmerz zu Sinnen kam und sah die beiden Männer an, die ihre Gewehre hielten.

Er lächelte, als er sich an die Wand lehnte und langsam auf den Boden rutschte.

Stevens trat hinter die Männer und ging auf ihn zu.

"Du hast mich." Flüsterte er und sah Stevens 'große Gestalt an.

Er hob die Waffe auf Stevens, der schnell reagierte, indem er seine Waffe richtete.

"Mach dir keine Sorgen, es ist leer." Die Pistole fiel zu Boden und Stevens holte sie schnell zurück.

Das Magazin war leer.

Jimmy eilte herbei und tröstete Julia.

Stevens trat zurück und sah zu, wie Dannys Leben von seinem Körper abdriftete.

"Komm schon und finde die anderen!" er befahl seinen Offizieren.

KAPITEL 22

Billy Gaylor saß an seinem Pool und entspannte sich an einem anderen sonnigen Tag, als sein Handy klingelte.

"Hi ... Bob, was ist los?"

Bob war in Panik und erklärte, was in der Nacht zuvor in seinem Büro passiert war.

"Schau, ich kann damit umgehen. Mach es ruhig, ich rufe dich an, okay?"

Billy schaltete sein Telefon aus und wandte sich an den Leibwächter neben ihm.

"Es scheint, wir müssen uns um einen anderen Körper kümmern. Es wird kein Problem sein. Wird es?"

Er wählte Dannys Handynummer und wartete darauf, dass er antwortete.

"Danny? Bist du da?"

"Ratet mal, wer ich bin, Billy", antwortete Stevens. "Ich fürchte, Danny ist momentan nicht verfügbar. Tatsächlich glaube ich nicht, dass er es jemals wieder sein wird. Du und ich müssen es ernst meinen."

"Was zum Teufel hast du gemacht, Stevens?"

"Was ich gesagt habe, würde ich tun. Treffen Sie mich am üblichen Ort. Und gehen Sie diesmal alleine."

KAPITEL 23

Jimmy begleitete Julia zu ihrer Wohnung.

Ich konnte die Dusche laufen hören und sie weinen, als sie sich im sanften Nebel von warmem Wasser wusch.

Er öffnete die Badezimmertür und sah sie in der Milchglaseinheit knien, als ihm klar wurde, dass all dies umsonst gewesen war und keine wahre Gerechtigkeit bringen würde.

Die Vergewaltiger im öffentlichen Verkehr waren vorbei.

Juliet hatte die Hälfte ihrer Ziele erreicht, aber die Manipulatoren würden frei gehen.

Er kehrte ins Wohnzimmer zurück, schaute auf den Couchtisch und machte drei Fotos von sich, während er die letzte Woche auf der Straße war.

Einem von ihnen war ein Brief beigefügt, in dem einfach stand:

"Ihr Geliebter. Diese Fotos wurden von den Verstößen gegen die öffentlichen Verkehrsmittel aufgenommen. Ich dachte, Sie könnten sie gut nutzen und ihn gegebenenfalls informieren."

Juliet betrat das Wohnzimmer in ihrem Bademantel.

Sie schlang ihre Arme hinter sich um Jimmy und umarmte ihn fest.

"Diese Fotos?" Ich frage. "Wer hat sie dir geschickt?"

Sie sah sie an und schüttelte den Kopf.

"Ich habe keine Ahnung. Sie kamen neulich zu meiner Tür. Offensichtlich hat jemand an mich gedacht, dass ich Teil der Bande bin."

"Eine Reue."

"Vielleicht, wer weiß?" Sie nahm die Fotos von seiner Hand und warf sie auf den Tisch. "Es ist jetzt egal. Die Vergewaltiger sind weg."

"Es ist noch nicht vorbei. Dein Chef und die anderen sind noch frei." er sagte.

"Ich denke, wir haben genug getan. Lassen wir es einfach dabei. Ich will keinen Ärger mehr."

KAPITEL 24

Billy fuhr alleine mit seinem Sportwagen zum freien Platz.

Stevens und seine beiden Begleiter hatten einige Zeit gewartet, bevor Billy neben ihnen hielt.

Billy war wahnsinnig vor Wut, als er aus seinem Auto stieg.

"Verschwinde, zeig dein Gesicht!" schrie er Stevens an.

Stevens stieg aus und sah Billy an, der ihn ansah.

"Okay, ich bin raus. Was nun?"

"Ich kann sie in der Scheiße lassen, wann immer ich will. Sie haben alles vermasselt."

"Nein. Wir haben ein Problem beseitigt, bei dem Sie beim Start geholfen haben." Stevens antwortete. "Und es gibt kein Problem mehr. Die U-Bahn und die Busse sind wieder sicher."

"Was ist mit der mexikanischen Hure und ihrem Liebhaber?"

"Was ist los mit ihnen, Billy? Wollen Sie und Andrews etwas dagegen tun? Wollen sie in eine tiefere Scheiße geraten? Und kümmern sie sich nicht darum, was sie da draußen vorhaben?"

"Die Leichen. Was ist mit Danny und seinen Leuten?"

"Sie sind verschwunden. Niemand wird sie vermissen, weil sie niemanden haben, der sich darum kümmert." Stevens antwortete mit einem stolzen Lächeln. "Also liegt alles an dir und Andrews. Und du hast keinen Beweis dafür, dass wir jetzt involviert waren, da Danny nicht im Bilde ist."

"Aber das Mädchen und der Junge wissen alles."

"Sie? Ich habe gerade mit ihnen gesprochen. Sie haben beide keine Zukunft hier. Sie träumen wie alle anderen. Sie könnten ihnen beiden finanziell helfen. Lassen Sie ihre Träume wahr werden." Stevens stopfte ein Blatt Papier in Billys Hemdtasche. "Nennen Sie das eine Rechnung für erbrachte Dienstleistungen. Es ist am besten, sie vollständig zu bezahlen, wenn Sie und Andrews in Zukunft sauber bleiben wollen. Sie und ich wissen, wie viel Stille heutzutage kostet. Es ist nicht billig."

Stevens kehrte zu seinem Auto zurück und lächelte Billy an, als sie wegfuhren.

Billy nahm die Zeitung heraus und las sie.

Eine Forderung nach Geld für das Schweigen der Journalistin und ihres Geliebten, und dass Stevens nun überwachen würde, dass er sich daran hielt.

ENDE

www.ingramcontent.com/pod-product-compliance
Lightning Source LLC
LaVergne TN
LVHW041218150826
845673LV00001B/443

* 9 7 9 8 2 2 7 5 8 6 1 5 5 *